LÁZARO
EN EL LABERINTO

LITERATURA

ESPASA CALPE

ANTONIO BUERO VALLEJO

LÁZARO
EN EL LABERINTO

Edición
Mariano de Paco

COLECCIÓN AUSTRAL
ESPASA CALPE

© *Antonio Buero Vallejo, 1987*
© *De esta edición: Espasa-Calpe, S. A., Madrid, 1987*

Maqueta de cubierta: Enric Satué

Depósito legal: M. 35.601 — 1987
ISBN 84 — 239 — 1829 — 7

Impreso en España
Printed in Spain
Talleres gráficos de la Editorial Espasa-Calpe, S. A.
Carretera de Irún, km. 12,200. 28049 Madrid

ÍNDICE

INTRODUCCIÓN	9
Trayectoria teatral de Buero Vallejo	9
Lázaro en el laberinto	18
La verdad como salvación	18
Un obstáculo: el miedo	21
Personajes en escena	23
La dimensión social	26
Construcción dramática	29
La música y el arte	32
El creador y la sociedad	33
BIBLIOGRAFÍA	35

LÁZARO EN EL LABERINTO

Escenario	43
Parte primera	45
Parte segunda	105

INTRODUCCIÓN

A Virtudes.

Trayectoria teatral de Buero Vallejo

Antonio Buero Vallejo estrenó LÁZARO EN EL LABERINTO, su último drama por ahora, el 18 de diciembre de 1986. Ese mismo día le era concedido el Premio Miguel de Cervantes por su trayectoria literaria como autor teatral. La feliz coincidencia, que hizo que el autor dijera encontrarse «casi en un cuento de hadas», expresa abiertamente el estado de culminación y actividad que caracteriza hoy a Buero Vallejo. Porque si el premio, un acto de estricta justicia, reconoce la más que probada importancia y singularidad del dramaturgo en el teatro español de posguerra y en la escena actual, la representación de LÁZARO EN EL LABERINTO supone la dinámica continuación de una fructífera labor iniciada el 14 de octubre de 1949 con el estreno de *Historia de una escalera*.

Unos años antes, Buero, recién salido de la cárcel, cambiaba su dedicación a la pintura por la escritura teatral. *En la ardiente oscuridad*, cuya primera redacción es de 1946, marca el principio de una actividad que sería conocida al concedérsele el Premio Lope de Vega, que se otorgaba por vez primera después de la guerra civil, a *Historia de una escalera*. Entre ambos premios se extiende una dilatada carrera con veintiséis dramas publicados que, excepto en dos casos *(El terror inmóvil* y *Mito)*, han pasado a la escena. Durante sus nada fáciles cuarenta años de autor dramático puede caracterizarlo, como él afirmaba de Cervantes en el discurso de recepción del premio, el denodado interés por tocar hondos resortes humanos «universales además de hispánicos» [1].

Desde sus primeras obras, en las que se advierten buena parte de las constantes temáticas y de las preocupaciones formales de su dramaturgia, Buero se situó decididamente frente al teatro evasivo y rutinario, caracterizado por su pobreza y degradación, que predominaba en España durante toda esa década. Tan rotunda era la novedad ya en *Historia de una escalera*, que la crítica de la prensa diaria pudo señalar, aunque con alguna excepción y desigual agudeza, la originalidad de la obra y la firme valía de su autor [2].

En esos iniciales estrenos se observa una profunda preocupación por los problemas del hombre de nuestro tiempo, sin duda eje y centro del teatro bueriano, y la utilización de la tragedia, en un ambiente nada propicio, como modo de expresión dramática. La permanencia de esos temas y la continuidad de la cosmovisión trágica configuran la esencial unidad de un teatro que se ha ido presentando, sin embargo, con una apariencia multiforme y cambiante, constantemente enriquecida con nuevos elementos y perspectivas.

Esta condición del teatro bueriano hace especialmente dificultosa la clasificación u ordenación, a pesar de las

---

[1] Antonio Buero Vallejo, «Discurso de recepción del Premio Miguel de Cervantes», en *ABC*, 28 abril 1987, pág. 54.

[2] Véase Mariano de Paco, «*Historia de una escalera*, veinticinco años más tarde», en *Estudios literarios dedicados al profesor Mariano Baquero Goyanes*, Murcia, Universidad, 1974. Reproducido en Mariano de Paco, ed.: *Estudios sobre Buero Vallejo*, Murcia, Universidad, 1984, págs. 196-197.

numerosas veces que se ha intentado. Hay, con todo, un momento en la evolución de la obra dramática de Buero Vallejo en el que es perceptible con evidencia un cambio de trascendencia especial: el estreno, en 1958, de *Un soñador para un pueblo*. Hasta entonces, nuestro autor había permanecido fiel a unas estructuras teatrales de carácter realista, influido directamente por Ibsen, como la crítica ha venido señalando y él mismo ha indicado [3]. Pero el término *realismo* tiene en sus obras, desde el punto de vista de los contenidos, una extraordinaria riqueza e incluye diversos aspectos simbólicos. La unión de elementos *realistas* y *simbólicos* es algo continuado en Buero, porque éstos son para él otro modo de manifestación de lo real, como lo son asimismo las visiones y los sueños e igual que ofrecen menos conocidos rincones de la realidad la locura y las deficiencias físicas que con tanta frecuencia y oportunidad aparecen en sus dramas. Este realismo estructural es principio de construcción en obras de sentido y forma tan diversos como *Historia de una escalera* y *En la ardiente oscuridad*, *Irene, o el tesoro* y *Las cartas boca abajo*. Buen ejemplo de esta dualidad es el caso de *Madrugada*, que ha sido calificada con acierto como «una pieza bien hecha llevada a las últimas consecuencias» [4] y que, sin embargo, posee una riqueza simbólica que excede con mucho la convención teatral con el público que en tales obras es habitual.

Comienza Buero, por otra parte, a utilizar en aquellos dramas los llamados por Ricardo Doménech «efectos de

---

[3] AA. VV., *Teatro español actual*, Madrid, Fundación Juan March/Cátedra, 1977, pág. 70.

[4] Ricard Salvat, «Prólogo» a *Años difíciles. Tres testimonios del teatro español contemporáneo*, Barcelona, Bruguera, 1977, pág. 27.

inmersión»[5], con los que se pretende conseguir un modo de participación psíquica que introduzca al público en la acción (recordemos el apagón del acto tercero de *En la ardiente oscuridad*, la alucinación de Víctor en *El terror inmóvil*, el sueño colectivo de *Aventura en lo gris* o las visiones de la protagonista en *Irene, o el tesoro*). Más de la mitad de los dramas de Buero, algunos de extraordinario interés en su producción, pertenecen a esta época, aunque se estrenen *(Aventura en lo gris)* o se publiquen *(El terror inmóvil)* después, y cabe afirmar que el hallazgo de nuevos caminos plasmado en *Un soñador para un pueblo* supone un enriquecimiento, desde una evolución de carácter integrador, más que un cambio radical.

Un soñador para un pueblo inaugura un renovado enfoque en los temas: el de la reflexión histórica entendida de forma que la consideración del pasado ilumine y esclarezca situaciones actuales. Buero había llevado a cabo antes una interesante labor de recreación y reinterpretación en piezas como *Las palabras en la arena* (inspirada en un episodio del Evangelio), *La tejedora de sueños* (en un mito helénico) y *Casi un cuento de hadas* (en una obra literaria). Pero *Un soñador para un pueblo* significa sobre todo el empleo de otros modos de organización del drama. La índole de este teatro histórico exige una ampliación de las posibilidades formales, que se aprovechan posteriormente en obras no históricas cuya concepción lo reclama. Las modificaciones espaciales (disposición de la escena en varios planos que permitan acciones simultáneas) y temporales (distorsión de

---

[5] Véase Ricardo Doménech, *El teatro de Buero Vallejo*, Madrid, Gredos, 1973, pág. 49. Y Victor Dixon, «The 'immersion-effect' in the plays of Antonio Buero Vallejo», en James Redmond, ed.: *Themes in Drama, II: Drama and Mimesis*, Cambridge University Press, 1980. Reproducido en *Estudios sobre Buero Vallejo*, cit., pág. 160.

la linealidad en la ordenación de los acontecimientos) son los más visibles aspectos, aunque no los únicos, de esta técnica *abierta* [6] no abandonada después por Buero.

A partir de *El sueño de la razón*, estrenada en 1970, se acentúa, en desigual medida, lo que el autor ha denominado «interiorización del público en el drama», desarrollo de los mencionados efectos de inmersión. Los espectadores ven parte de los sucesos representados desde la mente o conciencia de alguno de los personajes y, por tanto, perciben la realidad matizada por la mediación de Goya *(El sueño de la razón)*, Julio *(Llegada de los dioses)*, Tomás *(La Fundación)* o Larra *(La detonación)*. Francisco Ruiz Ramón ha escrito a propósito de ellos que el ojo que mira, juzga e interpreta desde fuera la acción vivida por los personajes «ha sido desplazado al interior del drama» [7]. Luis Iglesias Feijoo afirma que, desde *El sueño de la razón* hasta sus últimas obras, «el dramaturgo intenta sistemáticamente trascender la supuesta 'objetividad' del teatro, a fin de obligar al espectador a compartir las limitaciones y taras de los personajes» [8]. Esta utilización de un punto de vista subjetivo es también un modo de estructuración dramática en *Jueces en la noche* (Juan Luis Palacios), *Caimán* (Rosa) *Diálogo secreto* (Fabio) y *Lázaro en el laberinto* (Lázaro) y

---

[6] Véase Francisco Javier Díez de Revenga, «La 'técnica funcional' y el teatro de Buero Vallejo», en *Anales de la Universidad de Murcia. Filosofía y Letras*, XXXVI, 3-4, 1977-78. Reproducido en *Estudios sobre Buero Vallejo*, cit., págs. 147-158.

[7] Francisco Ruiz Ramón, «De *El sueño de la razón* a *La detonación*. (Breve meditación sobre el posibilismo)», *Estreno*, C, 1, primavera 1979. Reproducido en *Estudios sobre Buero Vallejo*, cit., pág. 330.

[8] Luis Iglesias Feijoo, «Introducción» a Antonio Buero Vallejo, *Diálogo secreto*, Madrid, Espasa-Calpe, Colección Austral, núm. 1.655, 1985, pág. 15.

caracteriza, según Iglesias Feijoo, la última etapa hasta el momento del teatro de nuestro autor [9].

No ofrece dudas, al margen de las diversas clasificaciones realizadas desde distintas consideraciones o presupuestos, la existencia de una etapa que concluye en *Un soñador para un pueblo*, ni tampoco la dificultad de una división del teatro bueriano, precisamente por la evolución integradora que su proceso creativo supone y por el continuo replanteamiento de formas y temas.

El centro permanente de la dramaturgia de Buero Vallejo es el hombre, considerado como susceptible de transformación y mejora moral, capaz (diríamos desde la perspectiva de su última obra) de salir de sus más intrincados laberintos. Pero el ser humano está determinado por su propia condición y por el mundo concreto en el que vive. De ahí que, a pesar de su innegable fundamento ético, sean tres los planos o niveles que perfilan al combinarse, en distinta medida y relación, la totalidad de este teatro: el de los hechos precisos que suceden en la representación y que, como tales, ya no admiten cambio, de los que participa el espectador como individuo que ha de tomar decisiones también individuales (plano ético); el de los personajes y espectadores en cuanto miembros de una colectividad muchas veces opuesta a ellos en la que, aun a costa de su integridad personal, deben influir (plano social-político); y un nivel metafísico que expresa las esenciales limitaciones

---

[9] Luis Iglesias Feijoo, *La trayectoria dramática de Antonio Buero Vallejo*, Santiago de Compostela, Universidad, 1982, págs. 517-520. Señala Iglesias unas palabras de Buero Vallejo (en «De mi teatro», *Romanistisches Jahrbuch*, 30, 1979, págs. 221-222) en las que éste defiende la necesidad de la alternancia de los puntos de vista subjetivo y objetivo. Es, desde luego, evidente que en los últimos dramas (*Caimán, Diálogo secreto* y *Lázaro en el laberinto*) decrece la utilización del punto de vista subjetivo.

del ser humano y hace visibles las ansias de superación frente a ellas y la relación con el misterio que rodea al mundo.

El más adecuado modo dramático de poner a la vista esa lucha del hombre con sus limitaciones y la imprescindible búsqueda de la verdad, de la autenticidad y de la libertad en un medio hostil es la tragedia que, según Buero, es «un medio estético de conocimiento, de exploración del hombre; la cual difícilmente logrará alcanzar sus más hondos estratos si no se verifica precisamente en el marco de lo trágico» [10]. Expresa la tragedia el conflicto entre la necesidad (los condicionamientos impuestos) y la libertad (las posibilidades de reacción individual), entre la decisión personal y las limitaciones sociales y existenciales. Es esta la verdadera manifestación actual del *destino*, entendido como tensión dialéctica entre individuo y colectividad.

En tiempos de una acusada desesperanza, Buero defiende en la tragedia, como elemento esencial, una necesaria apertura que le confiere su auténtico sentido («el meollo de lo trágico es la esperanza» [11]). Consiste la apertura trágica en una posible solución, en negar la presencia de un destino ciego y caprichoso que determina la suerte del hombre y, por tanto, de la sociedad. A veces la situación final de una obra aparece para algunos personajes cerrada y sin solución; otros, sin embargo, la simbolizan. Y, en cualquier caso, la apertura se proyecta hacia el espectador, que puede considerar catárticamente «las formas de evitar a tiempo los males que los personajes no acertaron a evi-

---

[10] Antonio Buero Vallejo, «Sobre la tragedia», en *Entretiens sur les Lettres et les Arts*, XXII, 1963, pág. 57.
[11] Antonio Buero Vallejo, «García Lorca ante el esperpento», en *Tres maestros ante el público*, Madrid, Alianza Editorial, 1973, pág. 133.

tar»[12]. El espectador debe decidir acerca de los hechos que ha contemplado y debe actuar en consecuencia, porque la obra se prolonga en la vida y sus preguntas permanecen en quienes la han visto. Cuando el telón cae, comienza la segunda y definitiva parte del drama, que está en función de lo que cada cual escoja. Si en *Historia de una escalera, Irene, o el tesoro* o *La Fundación* la posibilidad de elegir se hace más ostensible, ésta nunca falta sin embargo.

El ser humano, en la escena y fuera de ella, es responsable de sus actuaciones ante sí mismo y ante los demás hombres. Porque «la tragedia intenta explorar de qué modo las torpezas humanas se *disfrazan* de destino»[13]. Buero Vallejo, que con su teatro se ha comportado como conciencia crítica de nuestra sociedad, plantea insistentemente el problema fundamental del desvelamiento personal de la verdad trágica de los personajes en el escenario y de los miembros de la sociedad fuera de él. La justicia poética que impera en sus dramas permite que éstos se configuren a veces, total o parcialmente, como una investigación con el consiguiente juicio, que ha de encontrar la respuesta conveniente en la mente de cada espectador. Esta es la tarea básica que ante sí tiene el personaje principal de Lázaro en el laberinto y por eso suenan al final los timbres del teléfono para todos, en los más escondidos rincones del teatro. El hombre puede llevar a cabo un cambio de sí mismo, pero el comienzo imprescindible está en «el conocimiento y enfrentamiento con el miedo»; es entonces posible «una solución positiva para el problema

---

[12] Antonio Buero Vallejo, «La juventud española ante la tragedia», *Yorick,* 12, febrero 1966, pág. 5.
[13] Antonio Buero Vallejo, «Sobre teatro», en *Cuadernos de Ágora,* 79-82, mayo-agosto, 1963, pág. 14.

radical del hombre» [14]. Los seres del futuro (Investigadores de *El tragaluz* o Visitantes de *Mito)* nos juzgarán, pero el juicio debe darse ya en el interior de cada persona.

Hay, sin embargo, en el ser humano una natural resistencia al cambio y al sacrificio. La tensión es presentada en el teatro bueriano a través de la constante lucha entre el *soñador* y el *hombre de acción*, personificaciones de modos opuestos de ver la realidad. Este conflicto, de raíz unamuniana, suele estar representado en seres distintos, pero tiene un punto de partida individual. De ahí que (aun admitiendo la más negativa condición de los *activos*) veamos que los personajes que los encarnan no tienen toda la razón, ni toda la culpa, en sus actitudes y en su comportamiento. Hay, con todo, algunos que simbolizan el perfecto equilibrio y por eso no llegan a aparecer en escena y quedan como una esperanzada meta. Es el caso de Carlos Ferrer Díaz *(Las cartas boca abajo)*, Eugenio Beltrán *(El tragaluz)*, y, más aún por ser víctimas inocentes, Fermín *(Jueces en la noche)* y Silvia (LÁZARO EN EL LABERINTO).

El hombre posee potencialmente el sueño y la acción y ha de pretender su armónica integración. La acción en sí misma conduce al egoísmo y al menosprecio de los demás. El sueño necesita pasar a la actividad para no quedar vacío. En cada obra presenta Buero esta oposición de manera diferente, con matices peculiares, pero sueño y acción exigen siempre una síntesis dialéctica que consiga el «sueño creador», que es el ideal que se ha de conseguir («España necesita soñadores que sepan de números como tú...», señalaba Carlos III a Esquilache en *Un soñador para un pueblo)*.

---

[14] Enrique Pajón Mecloy, *Buero Vallejo y el antihéroe. Una crítica de la razón creadora*, Madrid, 1986, págs. 664 y 662.

LÁZARO EN EL LABERINTO

El protagonista de LÁZARO EN EL LABERINTO es un librero que vive en una ciudad de la España actual (tiempo y lugar en el que se situaban *Jueces en la noche*, *Caimán* y *Diálogo secreto*) y muestra en el presente un recto comportamiento. Igualmente honradas son sus actitudes pasadas, pero hay una, de particular gravedad, que parece no recordar con precisión: al volver, veintidós años atrás, de una manifestación, Silvia, su novia, fue atacada por unos enmascarados, unos «fachas», y él no acierta a discernir cuál es el verdadero entre dos recuerdos que lo acompañan. Según uno de ellos, reaccionó valientemente, acudió en su ayuda y fue por ello también apaleado. En el otro, intentó que no lo viesen, poseído por el miedo, y no salió en defensa de Silvia. Nada cierto ha sabido de ella desde entonces y cree que marchó al extranjero, pero días antes un compañero de estudios le dijo que le había parecido verla. Si, como consecuencia del ataque, Lázaro padece una falta de memoria, la posibilidad de su vuelta le ha provocado una alucinación auditiva y oye el inexistente sonido de un teléfono: la llamada de Silvia que lo liberará de las dudas acerca de su verdadero comportamiento.

La verdad como salvación

El drama es, por tanto, una indagación de la verdad, que ha de buscarse con toda resolución, y nos hallamos ante uno de los temas centrales del teatro de Buero. El autor resumía en 1976 su actividad diciendo: «Yo empecé mi teatro con *En la ardiente oscuridad* [...] y por ahora lo he terminado con *La Fundación*. Ya en algún sitio he dejado apuntado cómo, en el fondo, en aquella primera obra y en esta última se habla de lo mismo. Se habla de dos Instituciones o dos Fundaciones cuya mentira hay que revelar y desenmascarar» [15]. El Colegio para invidentes de *En la ardiente oscuridad* creaba, en efecto, un mundo de aparente felicidad a costa de relegar lo esencial, ofreciendo ridículas compensaciones y la mentira de la normalidad; la «Fundación» es un genérico nombre referido a sistemas que encubren la realidad y hacen olvidar sus limitaciones. Contra aquel estado de opresión y enajenamiento se rebelaba Ignacio y de él nos previene Asel en *La Fundación* al nombrar los presidios que en el futuro estarían llenos de comodidades, dando la sensación de poseer «la libertad misma». El público ve lo que ve Tomás e interpreta las cosas a su manera; cree en la «Fundación» hasta que Tomás es consciente de que se halla en una cárcel que él ha enmascarado. Del mismo modo que el drama es un proceso de alumbramiento de la verdad, el espectador ha de sacar a luz el engaño de sus fundaciones cotidianas, pasando de la apariencia a la realidad [16].

En *Las palabras en la arena* se dramatiza el pasaje evangélico de la mujer adúltera dirigido en un sentido que demuestra también la necesidad del reconocimiento de la verdad interior. Jean-Paul Borel advertía que en esta obra «el problema de la verdad se orienta resueltamente hacia una dimensión ética. Hay un imperativo fundamentalmente humano: el de saber. Y, por otra parte, hay un obstáculo: nuestro orgullo, nuestro egoísmo. La verdad es muy dura, demasiado dura; es imposible asumirla. El peligro está en construir toda una vida sobre una mentira inicial,

---

[15] AA. VV., *Teatro español actual,* cit., págs. 80-81.
[16] Mariano de Paco, «*La Fundación* en el teatro de Antonio Buero Vallejo», en *La Estafeta Literaria,* 560, 15 marzo 1975, págs. 6-7.

sobre el miedo a ver las cosas tal como son»[17]. Estas atinadas observaciones apuntan hacia una línea mantenida en la producción dramática bueriana. El amor fundado sobre la mentira *(Historia de una escalera, Las cartas boca abajo, Jueces en la noche);* el olvido, voluntario o no, de hechos culpables en el pasado *(Hoy es fiesta, El tragaluz, Llegada de los dioses, Jueces en la noche, Lázaro en el laberinto);* la ocultación de una realidad presente *(La doble historia del doctor Valmy, Diálogo secreto)* son diversas expresiones de esa problemática actitud. En otro sentido son también un desvelamiento de la verdad *Madrugada, El concierto de San Ovidio* o *La detonación*.

Particularmente llamativo es el caso de Velázquez en *Las Meninas*. En un instante decisivo se encuentra ante la verdad y la mentira, la abierta disconformidad con el poder o el sometimiento que el rey exige para otorgarle el perdón. Velázquez sabe que su amigo Pedro Briones ha muerto y que él sólo tiene un modo de corresponderle y, por ello, elige la verdad de una «irremediable rebeldía». Es una postura de carácter ético que se conecta de inmediato con la denuncia política de un gobierno y de una sociedad injustos y crueles, con lo que don Diego se convierte en lúcida conciencia del rey y de la corte, en alguien que sabe «ver claro en este país de ciegos y de locos».

Al igual que LÁZARO EN EL LABERINTO, dos de las últimas obras de Buero se centran en una averiguación. De unos hechos ocurridos hacía tiempo en *Jueces en la noche*, en la que Juan Luis Palacios, además de cometer una criminal acción en su juventud, continúa una vida hipócrita de corrupción, en una tesitura parangonable a la de

---

[17] Jean-Paul Borel, *El teatro de lo imposible*, Madrid, Guadarrama, 1966, pág. 238.

Vicente en *El tragaluz*. Fabio lleva en *Diálogo secreto* una vida normal en apariencia, no es una persona malvada, pero, hasta tal punto ha organizado su existencia sobre la ocultación, que se ha identificado con su propia mentira («Tú eres tu mentira», le dice Gaspar). Fabio es un personaje más cercano a Lázaro por su comportamiento, por la unicidad de su engaño y porque éste le obsesiona para crear sus «diálogos secretos», como Lázaro crea el sonido del teléfono. La culpa de Juan Luis y de Fabio consiste en no hacer frente a una verdad que conocen, la de Lázaro estriba en eludir ese conocimiento, a pesar de su aparente interés por lograrlo encarecidamente.

Un obstáculo: el miedo

Un personaje de una obra anterior de Buero viene en seguida a la memoria a propósito de Lázaro. Silverio, en *Hoy es fiesta*, es un soñador que actúa y se preocupa constantemente por los que le rodean. Es un Quijote, como despectivamente lo llaman, pero no se atreve a comunicar a su esposa la responsabilidad que tuvo en la muerte de la hija de ella. Sus palabras dirigidas a la conciencia («A ti te hablo. A ti, misterioso testigo que a veces llamamos conciencia...») nos avisan de la necesaria reconciliación consigo mismo que en este caso no llega a tener lugar porque su esposa muere antes de que él confiese la verdad. Lázaro, como Silverio, parece intachable en su vida. El interés en recoger a su hermana Fina y a sus sobrinos y los motivos para la creación de nuevas librerías pueden calificarse también de quijotescos. Pero en su pasado hay un suceso, muy probablemente negativo, cuyas particularidades se silencian por un miedo egoísta. La amnesia (y las posteriores alucinaciones) hacen pensar inmediatamente en los lisiados de Buero, en los personajes que padecen limitaciones físicas o morales. Estas deficiencias gozan de una rica simbología y su carácter, positivo en muchas ocasiones, es en otras una manera voluntaria de inhibirse ante una ingrata situación, como sucede con la sordera de la abuela en *La doble historia del doctor Valmy* y con la locura de Tomás en *La Fundación*.

Lázaro, de acuerdo con lo que ocurrió al personaje evangélico, tiene una doble posibilidad de responder ante los hechos. A los de veintidós años antes siguió una culpable pérdida de memoria. En su segunda oportunidad (la noticia de la presencia de Silvia) la conciencia actúa por medio de las llamadas, que son una apelación a su responsabilidad moral. Lázaro entonces se niega en el fondo a rectificar, continúa con el miedo que lo poseía y ahora lo lleva a confiarse a la decisión de Amparo, que se identifica en su mente con Silvia y la sustituye. Es esclarecedor que piense que, una vez que está con él Amparo, el timbre no volverá a sonar. Las llamadas no son, sin embargo, como él quiere pensar, la expresión de «una ilusión» sino la exigencia íntima de la verdad, y así lo prueba la gran conmoción que en Lázaro se produce cuando Amparo se interesa por las preguntas que haría a Silvia.

Lázaro no acierta a «renacer», no aprovecha la oportunidad de una segunda vida ni ha conseguido vencer al miedo (como hace con su risa el protagonista de *Lázaro reía*, de O'Neill) y quiere convertirse en un ciego, olvidando el pasado («Déjame ser el ciego y sé tú la vidente como lo era Silvia»), renunciando con ello incluso a la intranquilidad, que implica, al menos, cierta justificación (en *Diálogo secreto*, Gaspar señala a Fabio: «No estás tranquilo y eso te disculpa... algo»; y en LÁZARO EN EL LABERINTO Amparo reprocha a Germán: «Tú ni siquiera oyes un timbre»).

Víctima de un miedo paralizador que estorba el reconocimiento como impidió el recuerdo único y quizá su actuación ante los atacantes, Lázaro queda sumido en una angustiosa soledad («sin el amparo de Marta... ni de María», sin Silvia y sin Amparo), encerrado en un laberinto sin salida en el que su subconsciente le impone las figuras de los enmascarados que agudizan sus lacerantes dudas. Antes mostró una noble condición al confesar ante sus sobrinos: «Yo no valgo más que vosotros. Ni más que Germán», como en *Llegada de los dioses* Julio decía a su padre muerto: «No soy mejor que tú». Pero si Julio se encuentra con la ayuda de Verónica («¡Moriremos caminando!») y Fabio, en *Diálogo secreto*, con la de Teresa («Buscaremos juntos»), que le hace ver que la doncella del cuadro quizá venza al tiempo y a las hilanderas, Lázaro ha de someterse para siempre, expiando su culpa, a la convivencia con la fingidora Fina y a su propio terror.

Personajes en escena

El gesto de Amparo al colgar el teléfono sin atender la muda súplica de Lázaro convierte en definitiva su anterior negativa a la unión y a la «morfina» que, para Lázaro, ésta supondría. Amparo es un personaje que encarna en el presente la pureza que en el pasado representaba ejemplarmente Silvia. En este sentido no está exenta de razón la identidad que Lázaro establece entre ambas. Es uno de los activos soñadores femeninos de Buero que unen el pensamiento limpio y un acendrado amor y recuerda a otros como Ana *(Aventura en lo gris)*, Penélope *(La tejedora de sueños)*, Amalia *(Madrugada)*, Adriana *(El concierto de San Ovidio)*, Encarna *(El tragaluz)*, Mary Barnes *(La doble historia del doctor Valmy)*, Verónica *(Llegada de los dioses)*,

Julia *(Jueces en la noche)* o Teresa *(Diálogo secreto)*. Pero no es posible aquí una nueva Ariadna, su amor sería un camino viciado hacia el fracaso (que ya tuvo lugar en *Historia de una escalera* o *Las cartas boca abajo)*. Amparo sabe que «no basta con el deseo y con la fascinación de la presencia» y piensa que hay un sentimiento en Lázaro, el miedo egoísta, que no le permitió querer a Silvia y malograría un nuevo amor («El que, en este mundo terrible, no puede retorcerle el cuello a su miedo, ése... no puede amar»). Por eso exigía una aclaración del pasado *antes* de dar cualquier respuesta para el futuro. Sus aspiraciones son, por otra parte, singulares en un mundo de gentes como Germán, cuyo más fuerte deseo es el de un indiscriminado bienestar («A mí no me interesa prosperar. Todo ese furor por situarse, por ganar dinero..., me da risa. Y asco. Nunca he escrito mejor que cuando he estado sin trabajo. Y lo que yo quiero es escribir, no convertirme en una eficiente ejecutiva. Nadie debería pensar en enriquecerse... Es inhumano», comenta Amparo a Mariano y a Coral).

Amparo se encuentra en cabal oposición con Fina, que está caracterizada por un cerrado egoísmo. Sus engaños a Lázaro, sus torcidos proyectos para Coral, su desdén por la música y por los visos del agua, componen una actitud negativa que se muestra en su mismo atuendo (en la acotación inicial se indica que «sobre el traje anticuado, lleva una vieja bata no menos tradicional»). Su conformismo final es una amenaza de continuidad en el error y tampoco su contacto con los enigmas por medio de las cartas parece el adecuado, como hace ver irónicamente Lázaro recordando unas palabras de Hamlet («Hay más cosas en el cielo y en la tierra, Horacio, de las que sueña tu filosofía»).

Los hijos de Fina, Coral y Mariano, junto con Germán,

amigo de éste y de Coral, que cree estar enamorada de él, configuran, con Amparo, un complejo nudo de relaciones. Mariano y Germán quieren conseguir un mismo trabajo y, merced a un engaño, éste, que ingresa en el Centro de Juristas Liberales mientras públicamente lo hace blanco de sus críticas, obtiene el empleo. Germán alardea de eficacia e inteligencia frente a Mariano, a quien en realidad desprecia, y pretende falsamente identificar su modo de ser y de comportarse con los de Amparo. Considerándose un «luchador insobornable», emprende la investigación sobre Silvia; pero la verdad que con tanto ahínco dice buscar no es la suya sino la de los demás. Es un arribista que confía en que sus orígenes modestos le dan «todo el derecho a salir adelante sin reparar en medios». Su condición negativa anula toda posibilidad de que sea un héroe trágico, ya que la presencia de gentes como él convierten las tragedias en sainetes.

Amparo responde implacablemente a este joven que, con la excusa de introducirse en el campo enemigo y minarlo, como «un caballo de Troya», toma la parte más despreciable de la acción. Ella cree que sí existen los luchadores insobornables, pero también que Germán no es un prototipo de maldad sino que, por desgracia, su caso no sale de lo normal, porque «normal» es en nuestro mundo el imperio del miedo y lo son sus funestas consecuencias: «Como a casi todos, también a él le atrapa el miedo a quedarse atrás o a no encontrar trabajo. El miedo, en suma, por su preciosa vida. Ese miedo engendra el egoísmo y la agresividad, que vuelven a engendrar el miedo... Y en ese infierno estamos.»

Distinta perspectiva de la juventud ofrecen Mariano y Coral. Ellos significan sus aspectos más esperanzadores, sus más nobles ideales. La contraposición de Germán y

Mariano indica que puede elegirse la falsedad o la autenticidad y recuerda el enfrentamiento entre soñadores y hombres de acción e, incluso, la presencia del mito cainita en el teatro de Buero Vallejo. Coral tiene su ideal de perfección en la música, por lo que, además de su interés en aclarar el pasado, la justifica su dedicación al arte, aspecto de particular trascendencia en este drama.

La dimensión social

Aunque el problema del protagonista de *Lázaro en el laberinto* tiene un carácter que se reduce en apariencia a lo puramente individual, es preciso atender en profundidad a su dimensión social, nunca ausente de las obras de Buero. En primer lugar, se exterioriza ésta en los mismos sucesos que dieron origen a la preocupación de Lázaro. El ataque de los «fachas» desconocidos no es simplemente «una burrada de las de entonces», porque, «nos guste o no, las espadas siguen en alto» en nuestra sociedad actual. Tampoco faltan las referencias a actitudes políticas inaceptables ni las críticas a quienes, como Germán, se unen cuando les conviene a quienes están denostando. El paro (en unos estratos sociales superiores a los que se consideraba en *Caimán*) es repetidamente aludido en la doble vertiente de quienes tienen dificultades para conseguir su primer empleo y de los que, como sucede a Amparo, son despedidos de su trabajo.

Interés aún más general que estas menciones concretas de la vida social y política tienen, casi al final de la obra, unas palabras de las máscaras evocadas por Lázaro que señalan con nitidez el compromiso social de las actitudes personales, la comunicación entre el plano ético y el alcance social y político:

MÁSCARA 1.ª—Tenías buenos puños, lo reconozco.
MÁSCARA 2.ª—¿Qué dices? Ni se acercó.
MÁSCARA 1.ª—No te acuerdas bien. Se acercó.
MÁSCARA 2.ª—Tú no te acuerdas.
MÁSCARA 1.ª—Ni tú. Todos olvidamos...
MÁSCARA 2.ª—Claro. Porque ahora hay que apalear a otros.
MÁSCARA 1.ª—O dispararles.
MÁSCARA 2.ª—O ponerles cargas de control remoto.
MÁSCARA 1.ª—O misiles individuales. La última palabra. *(Ríen.)*
MÁSCARA 2.ª—¿Apaleamos a éste por fin?
MÁSCARA 1.ª—... Una de estas noches.
MÁSCARA 2.ª—*(Toca el brazo de Lázaro.)* Ya ha amanecido. Por hoy te salvas.

El propio autor ha señalado una proyección social y política, de recuperación general de la memoria del pasado, en la que, al igual que en las frases de los enmascarados, se enlazan las situaciones pretéritas con las actuales: «Lázaro, con su memoria dañada, responde a la memoria histórica del país, aunque yo no escriba con alegorías muy claras. [...] En España, con referencia al pasado cada vez menos inmediato, hemos jugado mucho con nuestra memoria tratando de engañarnos, incluso desde la subsconsciencia, como Lázaro»[18].

A todo ello se añade un aspecto básico que pone en relación la responsabilidad social y los actos individuales. Silvia murió y esa muerte de un inocente, ¿qué reparación admite? ¿Y quién resucitará a Fermín?», preguntaba Julia en *Jueces en la noche*, como Haüy decía al concluir *El*

---

[18] F. P. «Un laberinto de Buero entre pasado y presente», en *El Público*, 40, enero 1987, pág. 37.

concierto de San Ovidio: «Si ahorcaron a uno de aquellos ciegos, ¿quién asume ya esa muerte? ¿Quién la rescata?.» Esa es la *pregunta* ante la que tan solo cabe la purificación catártica asumiendo el ejemplo, como hace Velázquez en *Las Meninas* tras la muerte de Pedro.

La apertura de la tragedia reside, como dijimos, en la posibilidad de actuación en el futuro. En su autocrítica de *La señal que se espera*, temprano drama de Buero que tiene algunos puntos de contacto con LÁZARO EN EL LABERINTO, el autor se refería a que su «final suave y conciliador» había sido interpretado por algunos como una interesada cesión a los gustos del público. Y añadía que también en esa pieza se daba «esa ley esencial de la tragedia que es la del castigo doloroso por los excesos o imperfecciones», pero las «Furias» que pueden poseer a los protagonistas de esta obra se convierten en «Euménides» gracias a «la oscura pero tenaz voluntad que domina a aquéllos de aclarar y enmendar los yerros cometidos» [19].

La trágica expiación exige en este caso que Lázaro, bondadoso pero cobarde, quede sumido en su soledad y en sus dudas, sin hilo que lo guíe, como Juan Luis en *Jueces en la noche* después de la muerte de Julia. Otros personajes tienen un futuro prometedor si aceptan las enseñanzas de los hechos. Mariano y Coral han de seguir adelante esperanzadamente, igual que muchos jóvenes en las obras de Buero, desde *Historia de una escalera* a *Diálogo secreto*. Amparo, que ha sabido renunciar dolorosamente a la tranquilidad de un falso bienestar, consigue la victoria interna de los soñadores. Y el espectador ha de comprometerse con lo que ha contemplado en la representación. Cuando, al so-

---

[19] Antonio Buero Vallejo, «Autocrítica» de *La señal que se espera,* en *ABC,* 21 mayo 1952, pág. 33.

nar los timbres del teléfono en distintos lugares de la sala, es introducido en la misma acción, advierte que el laberinto de Lázaro es el nuestro, el de nuestra conciencia, con trágicos interrogantes que aguardan su respuesta.

Construcción dramática

En LÁZARO EN EL LABERINTO, como en las piezas anteriores desde *El sueño de la razón*, Buero utiliza el punto de vista subjetivo haciendo que el espectador comparta en ocasiones la visión de la realidad de un personaje. Las llamadas telefónicas (seis en la primera parte y dos en la segunda) sólo son oídas por Lázaro y por el público, pero estas alucinaciones auditivas son conocidas por otros personajes, incluso a veces en el mismo momento de producirse, por las reacciones y preguntas de quien las padece. La mencionada generalización final de los sonidos a los que todos, salvo Lázaro y el espectador, son ajenos es el instante en el que la unión se produce más acusadamente y está conectada con la participación en la pérdida de la memoria del protagonista. Porque, como él, no sabemos realmente lo que en el pasado ocurrió. Si el proceso de desvelar unos hechos desconocidos podía responder únicamente al desarrollo normal de un drama en el que los acontecimientos se van tornando ciertos hasta su plena evidencia en el desenlace, tiene aquí muy distinto sentido, pues, ya lo apuntamos, espectadores y Lázaro permanecen sin saber y atormentados por los crecientes timbrazos.

Junto a la pérdida de memoria y a los sonidos del ilusorio teléfono, tres breves momentos de LÁZARO EN EL LABERINTO rompen el realismo objetivo y abundan en la visión subjetiva. El primero es un doble recuerdo alucinado; los otros, una alucinación plena. En aquél, Lázaro contesta a la pregunta de Amparo («¿Cómo sucedió?») con un relato de los hechos en los que participa él mismo, como el joven que era, y Amparo, «transfigurada en Silvia». La escena «cobra una leve lentitud de pesadilla, apenas perceptible» y, con una corta interrupción que acentúa la neta distinción de ambas soluciones, se representa el encuentro con los atacantes enmascarados y la intervención o el retraimiento de Lázaro. Estamos ante el auténtico núcleo de la primera parte del drama, que termina con la aceptación de Amparo (y quizá la nuestra, que hemos visto ambas narraciones con pareja nitidez) de la dificultad de procurar el recuerdo verdadero.

En la segunda parte, sin embargo, hay una aparición de los enmascarados en la que Lázaro imagina, «con la alucinante extrañeza de la pesadilla», cómo atacan brutalmente a Amparo sin que ella lo advierta ni él llegue a participar. El significado se aclara con las palabras de aquélla («Yo no soy Silvia»); la identificación no es posible y estas fantasmagóricas imágenes no obedecen a la voluntad de Lázaro. Como después, tras la culminación de las averiguaciones de Germán, cuando se sabe que Silvia murió y Amparo se ha marchado definitivamente, su conciencia escindida le impone el diálogo de las máscaras en el que él mismo se desprecia (llamándose «canalla» y «pingajo»). El espectador ha captado estas dos imágenes desde la mente de Lázaro. Si en los recuerdos encontrados se establecía la doble opción del pasado, una de las cuales es objetivamente cierta, con estas dos imaginaciones amenazantes protagonista y público sienten intuitivamente el peligro que se cierne en el futuro por no haber sabido (o querido) elegir la verdad.

Con muy notable pericia constructiva, Buero establece una gradación y crea una significativa variedad en la inmersión del espectador en la perspectiva del personaje de

Lázaro, potenciando la alternancia entre aquélla y la visión objetiva de la realidad. Otras muestras de su habilidad se perciben en la disposición de escenas simultáneas en las que las conversaciones se complementan y «crean un sugestivo juego de espejos entre las concomitancias y las contradicciones», como apuntó Magda Ruggeri a propósito de *Jueces en la noche* [20]; en la precisión del diálogo y en su medida ambigüedad en ocasiones; o en el empleo simbólico y funcional de un libro, *Los rostros del temor*, de manera semejante a lo que sucedía en *La doble historia del doctor Valmy* con *Breve historia de la tortura*.

Dentro de la pluralidad de espacios en los que se divide el escenario de LÁZARO EN EL LABERINTO, uno posee un acusado valor simbólico, igual que lo tuvieron la escalera en *Historia de una escalera*, la azotea de *Hoy es fiesta* y el semisótano de *El tragaluz*. El banco público, en el que espejean los brillos del agua de un invisible estanque, es el lugar ideal de la paz y del conocimiento y recuerda por ello el «maravilloso paisaje» de *La Fundación* o el jardín con luz azul de Carmela en *Caimán*. En este sitio «prodigioso», descubierto por Silvia en el pasado, se goza de un idílico bienestar y reside la posibilidad de encontrar en los reflejos del agua un lenguaje más cierto que el de los sueños de Fina. Es aquí donde Coral querría pasar a una dulce inacción ante los inconvenientes y esfuerzos de la vida («Dan ganas de sentarse ahí y no volverse a preocupar por nada. Ni del concierto, ni de entrar o no entrar de pasante...»), por lo que Mariano recuerda con ironía los versos de San Juan de la Cruz y alude a la noche en la que el guarda haría que pasasen a una necesaria actividad (prefigurando

---

[20] Magda Ruggeri Marchetti, «Prólogo» a Antonio Buero Vallejo, *Jueces en la noche*, Madrid, Vox, Colección La Farsa, núm. 2, 1979, pág. 8.

la larga noche final del reconocimiento y la subsiguiente oscuridad de Lázaro).

La música y el arte

El lenguaje de los reflejos del agua se hermana con el de las notas musicales en las primeras palabras del drama, anunciando un tema capital en LÁZARO EN EL LABERINTO: el de la música y el arte como liberación y esperanza. El teatro, como todo arte, es para Buero un modo de «contemplación activa» que supera actitudes parciales e incompletas [21] y en el que se combinan, como hemos podido ver al hablar de los efectos de participación del espectador a través del punto de vista del personaje, elementos racionales y no racionales. La música (la pintura en *Las Meninas*) se había mostrado ya en el teatro de Buero como última respuesta y apertura. Pensemos tan solo en el adagio de Corelli en *El concierto de San Ovidio* y en la marcha del *Trío Serenata* de Beethoven en *Jueces en la noche*. Pero mucho antes, en *La señal que se espera*, Buero dramatizaba el caso de Luis, un músico que no se atrevía a enfrentarse con su verdad. Cuando Susana lo abandonó, no pudo seguir componiendo y esperaba el sonido del arpa eólica, la señal, y que desde fuera se resolviese lo que únicamente él podía solucionar. Al final, con el reconocimiento, llega la paz («La verdad es que ella me dejó a mí por Enrique, y no al revés, como yo quería creer para que mi amor propio no sufriese. No pude soportar esa humillación y... enloquecí para olvidarla. Inventé mi versión: yo la había dejado, porque ya no la quería. Pero uno no puede engañarse impunemente... Perdí la fuerza para crear. ¡Ya la he

---

[21] Antonio Buero Vallejo, «Sobre teatro», cit., pág. 12.

recobrado!»). La efectiva voluntad de superar los errores cambia, como el autor señaló, las «Furias» en «Euménides».

En *La señal que se espera*, como en LÁZARO EN EL LABERINTO, están simbolizadas en la música la paz y la libertad. Aquella obra concluía con «una dulcísima y lejana armonía», «una música increada que no existe en la tierra» y que es oída sólo por los espectadores, pero que los personajes sienten íntimamente porque se han dado cuenta de que, si sabe apreciarse, «en el mundo todo es señal».

Inmediatamente antes de que el telón anuncie el final de LÁZARO EN EL LABERINTO, Coral toca en su laúd, cubierta por «los brillantes espejos del agua», la gavota de Bach, pero los timbres que suenan la vuelven inaudible. Toda la escena queda en suave penumbra menos «el fulgurante banco donde Coral desgrana sus notas silenciosas». Podemos pensar, pues, que se han cumplido los deseos de Lázaro («Tu dios no seré yo, sino la música. [...] Acuérdate de los visos del agua») y que ella alcanzará con la música sus propósitos. Entre tanto, el público habrá de pasar de los timbrazos a la melodía que se oculta.

El creador y la sociedad

En varias de sus obras ha planteado Buero Vallejo las relaciones del creador con la sociedad. Dos pintores (Velázquez en *Las Meninas* y Goya en *El sueño de la razón)* y un escritor (Larra en *La detonación)* han sido protagonistas de esa conflictiva comunicación. En LÁZARO EN EL LABERINTO hay una breve conversación entre Amparo y Germán en la que éste cuestiona en particular la función social de determinada literatura por la problemática coexistencia de lo personal y lo colectivo. Amparo defiende su modo de escribir e, indirectamente, el valor y la eficacia del mismo drama en el que tales dudas se formulan. Germán le reprocha el que se detenga demasiado en aspectos individuales «tan insignificantes ante las tremendas realidades del mundo», con lo que poco se logrará para la consecución de «un cambio social positivo». Pero ella le recuerda que «en esa literatura que tú llamas individualista hay también obras, con una sociedad criticable al fondo, que quizá logren más de lo que pensamos».

El equilibrio que expresan las palabras de Amparo en la concepción de la literatura es sin duda el que Buero defiende al hablar de que es necesario en el teatro recuperar «la interioridad personal al lado de la exterioridad social» [22]. En LÁZARO EN EL LABERINTO lo encontramos, y en toda su producción dramática, al profundizar estéticamente en conflictos personales que implican una responsabilidad social. Como Antonio Buero Vallejo decía al término su discurso de recepción del Premio Miguel de Cervantes:

> Sacarnos de los intrincados laberintos en que nuestra especie sin paz anda perdida no es tarea que pueden cumplir por sí solos la poesía, la novela o el teatro; pero probado tienen que sí pueden despejar un tanto los extraviados caminos individuales o colectivos por los que vagamos cuando, a los deleites estéticos que nos brindan, los saturan y fecundan los dolores, las inquietudes y las esperanzas de los hombres [23].

MARIANO DE PACO.

Las Palmeras, julio de 1987

---

[22] Antonio Buero Vallejo, «De mi teatro», cit., pág. 222.
[23] Antonio Buero Vallejo, «Discurso de recepción del Premio Miguel de Cervantes», cit., pág. 55.

BIBLIOGRAFÍA

1. Estudios acerca del teatro de Buero Vallejo.

A.A. V.V.: *Antonio Buero Vallejo, Premio «Miguel de Cervantes» 1986,* Barcelona, Anthropos-Ministerio de Cultura, 1987, 124 págs.
Bejel, Emilio: *Buero Vallejo: lo moral, lo social y lo metafísico,* Montevideo, Instituto de Estudios Superiores, 1972, 164 págs.
Cortina, José Ramón: *El arte dramático de Antonio Buero Vallejo,* Madrid, Gredos, 1969, 125 págs.
Devoto, Juan Bautista: *Antonio Buero Vallejo. Un dramaturgo del moderno teatro español,* Ciudad Eva Perón (B. A.), Elite, 1954, 61 págs.
Doménech, Ricardo: *El teatro de Buero Vallejo,* Madrid, Gredos, 1973, 371 págs.
Doménech, Ricardo, ed.: *«El concierto de San Ovidio» y el teatro de Buero Vallejo,* Madrid, Cátedra/Teatro Español, en prensa.
Dowd, Catherine Elizabeth: *Realismo trascendente en cuatro tragedias sociales de Antonio Buero Vallejo,* Valencia, Estudios de Hispanófila, University of North Carolina, 1974, 157 págs.
González-Cobos Dávila, Carmen: *Antonio Buero Vallejo: el hombre y su obra,* Salamanca, Universidad, 1979, 227 págs.
Halsey, Martha T.: *Antonio Buero Vallejo,* Nueva York, Twayne, 1973, 178 págs.
Iglesias Feijoo, Luis: *La trayectoria dramática de Antonio Buero Vallejo,* Santiago de Compostela, Universidad, 1982, 540 págs.

MATHIAS, Julio: *Buero Vallejo*, Madrid, EPESA, 1975, 191 págs.
MÜLLER, Rainer: *Antonio Buero Vallejo. Studien zum Spanischen Nachkriegstheater*, Köln, 1970, 226 págs.
NICHOLAS, Robert L.: *The Tragic Stages of Antonio Buero Vallejo*, Valencia, Estudios de Hispanófila, University of North Carolina, 1972, 128 págs.
PACO, Mariano de, ed.: *Estudios sobre Buero Vallejo*, Murcia, Universidad, 1984, 377 págs.
PAJÓN MECLOY, Enrique: *Buero Vallejo y el antihéroe. Una crítica de la razón creadora*, Madrid, 1986, 671 págs.
RUGGERI MARCHETTI, Magda: *Il teatro di Antonio Buero Vallejo o il processo verso la verità*, Roma, Bulzoni, 1981, 184 págs.
RUPLE, Joelyn: *Antonio Buero Vallejo. The first fifteen years*, New York, Eliseo Torres & Sons, 1971, 190 págs.
VERDÚ DE GREGORIO, Joaquín: *La luz y la oscuridad en el teatro de Buero Vallejo*, Barcelona, Ariel, 1977, 274 págs.

2. LIBROS QUE INCLUYEN A BUERO VALLEJO.

AMORÓS, Andrés; MAYORAL, Marina, y NIEVA, Francisco: *Análisis de cinco comedias. (Teatro español de la postguerra)*, Madrid, Castalia, 1977. (Buero, págs. 96-137).
ARAGONÉS, Juan Emilio: *Teatro español de posguerra*, Madrid, Publicaciones Españolas, 1977. (Buero, págs. 19-25).
BOREL, Jean-Paul: *El teatro de lo imposible*, Madrid, Guadarrama, 1966. (Buero, págs. 225-278).
GARCÍA LORENZO, Luciano: *Documentos sobre el teatro español contemporáneo*, Madrid, S. G. E. L., 1981 (Buero, págs. 115-126 y 404-405).
— *El teatro español hoy*, Barcelona, Planeta, 1975. (Buero, págs. 120-131).
GARCÍA PAVÓN, Francisco: *El teatro social en España (1895-1962)*, Madrid, Taurus, 1962. (Buero, págs. 134-145).
GARCÍA TEMPLADO, José: *Literatura de la postguerra: El teatro*, Madrid, Cincel, 1981. (Buero, págs. 39-49).

Giuliano, William: *Buero Vallejo, Sastre y el teatro de su tiempo*, Nueva York, Las Américas, 1971. (Buero, págs. 75-162).

Guerrero Zamora, Juan: *Historia del teatro contemporáneo*, Barcelona, Juan Flors, 1967. (Buero, vol. IV, págs. 79-92).

Holt, Marion P.: *The Contemporary Spanish Theater (1949-1972)*, Boston, Twayne, 1975. (Buero, págs. 110-128).

Isasi Ángulo, Amando C.: *Diálogos del teatro español de la postguerra*, Madrid, Ayuso, 1974. (Buero, págs. 45-81).

Marqueríe, Alfredo: *Veinte años de teatro en España*, Madrid, Editora Nacional, 1959. (Buero, págs. 177-187).

Medina, Miguel Ángel: *El teatro español en el banquillo*, Valencia, Fernando Torres, 1976. (Buero, págs. 49-56).

Molero Manglano, Luis: *Teatro español contemporáneo*, Madrid, Editora Nacional, 1974. (Buero, págs. 80-97).

Pérez Minik, Domingo: *Teatro europeo contemporáneo*, Madrid, Guadarrama, 1961. (Buero, págs. 381-395).

Pérez-Stansfield, María Pilar: *Direcciones de Teatro Español de Posguerra*, Madrid, José Porrúa Turanzas, 1983. (Buero, pássim).

Rodríguez Alcalde, Leopoldo: *Teatro español contemporáneo, Madrid*, EPESA, 1973. (Buero, págs. 182-187).

Ruiz Ramón, Francisco: *Estudios de teatro español clásico y contemporáneo*, Madrid, Fundación Juan March/Cátedra, 1978. (Buero, págs. 176-183, 198-203 y 222-226).

— *Historia del teatro español. Siglo XX*, Madrid, Cátedra, 1981 [5]. (Buero, págs. 337-384).

Salvat, Ricard: *El teatre contemporani*, Barcelona, Edicions 62, 1966. (Buero, vol. II, págs. 227-231).

Torrente Ballester, Gonzalo: *Teatro español contemporáneo*, Madrid, Guadarrama, 1968 [2]. (Buero, págs. 390-400 y 588-595).

Urbano, Victoria: *El teatro español y sus directrices contemporáneas*, Madrid, Editora Nacional, 1972. (Buero, págs. 195-210).

3. Críticas y artículos sobre «Lázaro en el laberinto».

Álvarez, Carlos: «La otra escalera de Buero Vallejo», en *Vanguardia Obrera*, 14-22 enero 1987, pág. X.

Ansón, Luis María: «Renunciar al amor, por amor», en *ABC*, 6 febrero 1987, pág. 3.

Avilés, Juan Carlos: «La autoridad del autor», en *Guía del ocio*, 29 diciembre 1986-4 enero 1987, pág. 29.

Díez-Crespo, M[anuel]: «*Lázaro en el laberinto*, de Buero Vallejo», en *El Alcázar*, 20 diciembre 1986, pág. 25.

Fernández Torres, Alberto: «*Lázaro en el laberinto*, de Buero Vallejo: desviaciones dentro de la continuidad», en *Ínsula*, núm. 484, marzo 1987, pág. 15.

García-Garzón, Juan Ignacio: «*Lázaro en el laberinto*, apasionante parábola de Buero Vallejo sobre el amor y el miedo», en *ABC*, 20 diciembre 1986, pág. 85.

Haro Tecglen, Eduardo: «Un drama de conciencia freudiana», en *El País*, 20 diciembre 1986, pág. 31.

Hera, Alberto de la: «*Lázaro en el laberinto*, de Antonio Buero Vallejo», en *Ya*, 20 diciembre 1986, pág. 44.

López, Lucas: «*Lázaro en el laberinto*. La misma pregunta», en *Reseña*, núm. 171, febrero 1987, págs. 3-4.

Llovet, Enrique: «Buero, en el laberinto», en *Cambio 16*, 29 diciembre 1986, pág. 137.

Monleón, José: «*Lázaro en el laberinto*», en *Diario 16*, 20 diciembre 1986, pág. X.

Paco, Mariano de: «El teatro de Buero Vallejo y *Lázaro en el Laberinto*», en *Revista de la 7.ª Muestra de Teatro de Cieza*, agosto 1987, págs. 6-8.

Pajón Mecloy, Enrique: «Buero Vallejo en el laberinto», en *Insula,* núm. 483, febrero 1987, pág. 15.

P[oblación] F[élix]: «Un laberinto de Buero entre pasado y presente», en *El Público*, núm. 40, enero 1987, págs. 36-37.

LÁZARO EN EL LABERINTO

FÁBULA EN DOS PARTES

A la memoria de mi hijo

Enrique Buero Rodríguez, joven actor que nos dejó a sus 24 años. Para que se le recuerde, al menos, mientras se recuerde esta obra en la que quizá habría trabajado.

Con amor.

Esta obra se estrenó el 18 de diciembre de 1986,
en el Teatro Maravillas, de Madrid, con el siguiente

REPARTO

Por orden de intervención:

LÁZARO	Javier Escrivá
CORAL	Amparo Larrañaga
FINA	Cándida Losada
MARIANO	Antonio Carrasco
AMPARO	Beatriz Carvajal
GERMÁN	Miguel Ortiz
MÁSCARA PRIMERA	Francisco Maldonado
MÁSCARA SEGUNDA	José Luis

En nuestro tiempo. Derecha e izquierda,
las del espectador

Dirección: GUSTAVO PÉREZ PUIG.
Escenario: MANUEL MAMPASO.

(Los fragmentos encerrados entre corchetes pueden suprimirse en las representaciones.)

ESCENARIO

Después de su paso por la Universidad y de otros acontecimientos de su vida con ella relacionados, Lázaro vive, desde hace años, en la planta y trastienda del negocio de librería por él emprendido. Amparo, empleada de oficina, ocupa un modesto departamento en otro barrio de la ciudad. Entre ambos lugares, las calles y parques los unen o los separan. Separado y unido muéstrase ahora todo ello: hay un banco de jardín hacia el centro del primer término sobre el cual, a menudo, espejean y danzan suavemente los visos del agua, iluminada por el sol mañana y tarde, del invisible estanque situado en un apartado rincón del parque: un minúsculo lago tranquilo, apenas rizado por la brisa, a cuya orilla se halla el banco. Tras éste, un interior: el de la sala de estar y despacho que, en la trastienda, une la librería con otras dependencias privadas. Es una habitación que revela plurales actividades. Archivador de metal a la izquierda, bajo una ventana que da paso a la luz cambiante de las horas. La pared dobla frontalmente: se adosa a ella una estantería repleta de libros y carpetas, sobre la cual una reproducción del *Guernica* de Picasso pone la nota progresista. La pared vuelve a doblar hacia el fondo; lateralmente y próximo a su ángulo, el hueco encortinado que conduce a la tienda. En el lateral derecho, y frente por frente de esa entrada, otra con pareja cortina. Como la del izquierdo, la pared de ese lateral se prolonga hasta el fondo; entre las dos limitan el cuartito y dormitorio de Amparo, elevado a buena altura sobre el piso de la casa de Lázaro. Su anchura abarca aproximadamente los dos tercios de la derecha de la escena.

Cerca del archivador y la estantería de la izquierda, mesa de despacho, con máquina de escribir a un lado, colmada de papeles y útiles de trabajo. En ella, un teléfono. El correspondiente sillón tras la mesa y, ante la máquina, una silla. Hacia la derecha del piso, sofá y varios asientos en torno a una mesita donde reposan un estuche con un par de barajas y un cenicero. En la larga faja de pared sobre la que descansa la habitación de Amparo se acumulan pilas de libros, algún cajón comercial abierto, rollos de papeles...

La puerta del dormitorio de Amparo se halla a la derecha de su fondo; la cama, a la izquierda. Junto a ella, mesilla con teléfono. En el primer término, mesa pequeña y un par de sillas. Por las paredes, fotografías diversas, reproducciones, carteles, clavados con chinchetas.

Así, o con otra disposición, podría concebirse la convencional proximidad de los distintos lugares. Su lejanía física, su íntima cercanía, su variedad ambiental, podrían expresarse reuniendo de muy otros modos estos pocos sitios de la inmensa ciudad. Y tal vez, sobre todas las estructuras imaginadas, domine el apiñado panorama de la urbe.

PARTE PRIMERA

(Empieza a oírse el final del primer movimiento del «Preludio, fuga y alegro» en mi bemol mayor, de Bach, en un dulce laúd solitario. Luces diversas van precisando distintos lugares: surge primero de la oscuridad general el banco público, donde Germán fuma un cigarrillo. Los móviles reflejos del agua lo cubren totalmente e incluso alcanzan, algo desvanecidos, a zonas inmediatas de la escena, incorporadas así a la extraña atmósfera de húmedos fulgores. Germán es un joven de unos veinticinco años: bigote y corta barbita, ojos inquisitivos, ropa vulgarmente correcta y corbata. En la sombra de la alta alcoba, un foco ilumina a Amparo, agraciada mujer de unos veintiocho años, con sencillo indumento casero, que escribe sobre su mesa en un mazo de cuartillas. Con creciente intensidad, la luz invade la trastienda de la librería. Siguen vivas las luces del agua sobre el banco, pero apenas se notan ya más atrás, vencidas por la poderosa luz real de la trastienda. Sentada en uno de los asientos contiguos al sofá y de espaldas al lateral izquierdo, Coral, muchacha de unos diecinueve años, está terminando de tocar el preludio de Bach en su laúd. Sus pantalones, botitas y camisa estampada, acordes con la desenfadada moda juvenil. Sentada en el sofá, doña Fina, cuya ropa es la de una señora que, sobre el traje anticuado, lleva una vieja bata no menos tradicional. Con las gafas caladas, se ocupa en tejer un jersey. Cuenta más de cincuenta años y su cara marchita denuncia, pese a sus fre-

cuentes sonrisas, vagas frustraciones. Su hermano Lázaro, tío de la ejecutante, está sentado a la mesa de despacho y escucha complacido a su sobrina mientras repasa distraídamente algún papel. Frisa en los cuarenta y seis años y es hombre de buen porte y de risueño semblante. No lleva corbata, pero su ropas denotan natural elegancia. Mientras se oye la melodía suena de pronto el apagado timbre de un teléfono; sólo lo advierte Lázaro, que mira al de su mesa y no se decide a descolgar. Curiosamente, los timbrazos se alejan y se extinguen. Lázaro mira, suspicaz, a las dos mujeres. Concluye el preludio y Coral emite un suspiro de contrariedad.)

Lázaro.—¿Sabes lo que me recuerdan esas notas?
[Coral.—*(Tímida.)* ¿Qué tal lo he hecho?
Lázaro.—Me recuerdan] los reflejos del agua en el banco.
Fina.—¿Qué banco?
Lázaro.—¿Estás en Babia? El nuestro. Nos has oído hablar mil veces de él.
Coral.—Y tan nuestro. A la gente le molestan los brillos. Casi nadie se sienta allí.
Lázaro.—A las personas les desazonan tantas cosas...
Coral.—¡Con lo bonitos que son los visos del agua! ¿Te acuerdas de cuando nos llevaste de niños, a mi hermano y a mí, a jugar con ellos?
Lázaro.—Ya lo creo.
Coral.—¡Cómo nos reíamos al vernos llenos de luces!
Lázaro.—El descubrimiento [no] fue [mío, sino] de Silvia. Ella era la gran descubridora. Decía que, si sabemos verlas [y escucharlas], las cosas nos hacen guiños. Los visos del agua eran para ella como guiños.
Coral.—Y para mí.

Lázaro.—¿Sí? *(Ella asiente.)* Cuando estábamos [intranquilos o] disgustados, se nos pasaba en ese baño de luces. *(Ella vuelve a asentir.)* ¿También a vosotros?

Coral.—A mí, desde luego.

Lázaro.—¿Verdad que esas notas se parecen? *(Gesto interrogativo de ella.)* ¡Sí! Los destellos del agua sobre nuestro cuerpo y esas notas sobre nosotros.

Coral.—*(Triste.)* Sobre todo si se tocan bien.

Lázaro.—Tan bien como tú, Coralito.

Coral.—Mentiroso. [No has querido contestar cuando te lo he preguntado.]

Lázaro.—*(Sonríe, se levanta y va hacia ella.)* ¿Ya estás con tus dudas? No te habría hablado de los reflejos del estanque si hubieses tocado mal.

Coral.—O sí, para animarme.

Lázaro.—*(Le oprime los hombros y le da un beso en la cabeza.)* Pesimista.

[Coral.—Es que he tocado mal.

Lázaro.—¡Quia!] Eres ya una solista excelente.

Coral.—*(Incrédula.)*— ¿De laúd?

Lázaro.—Precisamente. Los concertistas de laúd no abundan. Llamarás la atención. *(Se sienta en otra butaquita.)* Y según tu profesora, eres una de sus mejores alumnas.

Coral.—Llamar la atención, ser buena alumna... Todo eso no es nada.

Lázaro.—¿Pues qué querías oír?

Coral.—Que soy genial. *(*Lázaro *ríe.* Doña Fina *gruñe).* ¡Ya sé que no lo soy!

Fina.—No entiendo por qué quisiste pasarte de la guitarra a ese trasto. [Como no fuera para eso: para ser genial.]

Coral.—[¡Lo hice porque] me gustaba!

Fina.—Suena igual que la guitarra.

Coral.—¡Qué va! «Mi, la, re, sol, si, mi» son las cuerdas de la guitarra. Éstas son «sol, do, fa, la, re, sol».

Fina.—Prefiero la guitarra.

Coral.—¿No dices que suena igual?

Fina.—¡Por la forma! *(Señala al instrumento.)* Eso es una pera que ni siquiera se agarra bien.

Lázaro.—Cuando tocaba la guitarra también gruñías.

Fina.—En habiendo discos...

Lázaro.—*(Conteniendo la risa.)* Si no hubiese [buenos] ejecutantes no habría discos. Y Coral toca esa pera de maravilla.

Coral.—*(Se levanta.)* ¡Qué más quisiera! *(Va a dejar el laúd sobre una silla lejana.)*

Fina.—No le fomentes falsas ilusiones a mi niña.

Lázaro.—Y tú no me la desmoralices.

Coral.—Más de lo que lo estoy...

Lázaro.—Aún faltan días para el recital.

Coral.—¡No me lo recuerdes! *(Se acerca al sofá.)*

Lázaro.—Muerta de miedo, ¿eh?

Coral.—¡Difunta!

Lázaro.—No hay éxito sin miedo.

[Coral.—No creo que vayan los críticos. Y casi lo prefiero.]

Lázaro.—Tú no te achiques y trabaja.

Fina.—Lo que tú quieres es oírla tocar. Te encanta. *(Coral vuelve despacio a su asiento.)*

Lázaro.—Sí. Me encanta oír los visos del agua.

Fina.—*(Con leve desdén.)* Muy poético. *(Coral va a sentarse.)* [Si has dejado de tocar,] podrías prepararle otro té al tío.

Coral.—*(Sin llegar a sentarse.)* Ahora mismo.

Lázaro.—Ya me lo haré yo. *(Indecisa,* Coral *mira a*

los dos. Él fuerte:) ¡Tú siéntate! (CORAL *lo hace. Breve pausa).*

FINA.—*(Rezonga mientras teje.)* Qué manía. ¿No estamos aquí para atenderte?

LÁZARO.—No.

FINA.—¿Pues para qué servimos nosotras?

[LÁZARO.—Ella, para tocar.

FINA.—Ahora no toca.]

LÁZARO.—Fina, te lo he dicho muchas veces. Pase que tú cuides de la casa y de la comida...

FINA.—¡Es mi obligación!

LÁZARO.—Pues la de Mariano es su carrera, y la de Coral, su música. Demasiado me ayudan ya en la librería. Menos mal que voy a contratar a otro empleado...

FINA.—¿Otro empleado?

LÁZARO.—Si quiero abrir otra librería el año que viene, me va a hacer falta un secretario.

[FINA.—*(A* CORAL.*)* ¿Tú sabías eso?

CORAL.—Claro, mamá.]

FINA.—¿Y no podría Mariano...?

LÁZARO.—Va a entrar de pasante en el bufete de don Carlos Piñer. ¡Y tu hija debe seguir su vocación!

CORAL.—Tampoco exageres, tío. Echar una mano en [las faenas de] la casa no cuesta nada.

LÁZARO.—¡No quiero burras de carga a mi lado!

FINA.—*(Suavita.)* ¿Preparar un té es una carga?

LÁZARO.—*(Va a hablar. Se contiene. Sonríe.)* Nunca lo entenderás.

FINA.—No. Ni tu empeño en hacerte la cama. ¿Tan mal te la hacemos?

LÁZARO.—*(Ríe.)* Mejor que yo.

FINA.—¡Contenta me tienes! Ayer te pusiste a lavar los platos...

Lázaro.—Estabas cansada.

Fina.—A los hombres a quienes les gusta hacer esas cosas los llamaban antes de otra manera.

Coral.—¡Mamá!

Lázaro.—Los hombres comparten ya en todo el mundo las faenas caseras. *(Irónico.)* O debieran hacerlo.

Coral.—En eso lleva razón mi tío. [Las mujeres no deben ser esclavas.]

Fina.—¿Tú que vas a decir? Con tal de seguir con tus musiquitas... Ya veremos cuando te cases si tu marido prefiere las musiquitas a que le cosas un botón como es debido.

Coral.—*(Riendo.)* ¡También sé hacerlo!

Fina.—Porque yo te he enseñado. Al matrimonio irás bien preparada, mal que te pese.

Coral.—¿Y si no me caso?

Fina.—*(De muy mal humor.)* ¡No digas obscenidades! (Coral y Lázaro *ríen a carcajadas.*) ¡Reíd, reíd! Parece mentira, a dónde hemos llegado. Lo peor que le puede pasar a una señoríta es no casarse.

Lázaro.—*(Aún riendo.)* O casarse mal. (Doña Fina *lo mira, molesta. Un silencio.*) Perdona. ¿Por qué no sigues con tu laúd, Coralito?

Coral.—Después, en mi cuarto. *(Vuelve el silencio. Empieza a sonar el timbre de un teléfono. Amparo no lo oye, pero levanta, pensativa, el rostro de su escritura mientras el foco se concentra en su cara. Germán mira su reloj, tira el cigarrillo con un mal gesto, manotea levemente como si quisiera sacudirse los reflejos que le cubren, se levanta y sale por la izquierda. La luz abandona poco a poco a Amparo, que torna a escribir, y su aposento vuelve a la penumbra. Los brillos del estanque se extinguen lentamente hasta dejar el primer término oscuro. El timbre ha seguido sonando ante la expectación de* LÁZARO: *un sonido apagado, como si viniese de otra habitación. Ninguna de las dos mujeres parece oírlo. Él las mira, titubea y al fin se levanta para ir a la mesa de despacho.* DOÑA FINA *interrumpe su labor y lo mira a hurtadillas. Muy sonriente,* LÁZARO *descuelga y escucha.)*

LÁZARO.—*(Íntimo.)* ¿Diga? *(Pero los timbrazos siguen sonando.* LÁZARO *cuelga, algo avergonzado.)* Será en la librería. *(El timbre deja de sonar.)*

FINA.—Lo habrá tomado Mariano.

CORAL.—Yo no he oído el de la librería.

LÁZARO.—¿No?... *(Risueño.)* Me pareció oírlo. *(Se reúne con ellas. Al pasar, su sobrina le toma una mano.)*

CORAL.—¿Te pasa algo, tío?

LÁZARO.—[¿A mí?] ¿Por qué lo preguntas?

CORAL.—*(Inmutada.)* Últimamente... parece como..., como...

LÁZARO.—¿Como qué?

CORAL.—Como si oyeses a veces el teléfono... cuando no suena.

LÁZARO.—*(Después de un momento, ríe.)* Sí, quizá... Cuando se espera una llamada, alguna vez parece oírse. *(Pasea.)*

CORAL.—¿No es... una obsesión?

LÁZARO.—*(Se detiene.)* Tanto como eso... Cosas así nos pasan a todos.

CORAL.—¡Claro que sí! [Son muy naturales.] *(Con picardía.)* Pero ¿me dejas preguntarte algo?

LÁZARO.—¡Adelante!

CORAL.—¿Es de aquella muchacha... de quien esperas la llamada? *(*LÁZARO *la mira fijamente.* DOÑA FINA *para sus agujas y escucha.* LÁZARO *se echa a reír y zarandea a* CORAL *por los hombros con afecto.)*

LÁZARO.—¡Chica lista!

Coral.—¿No te dijo un viejo compañero de estudios que le había parecido verla por la calle?

Lázaro.—*(Se incorpora.)* Pues sí. [Ella sabe que] yo no puedo localizarla, porque en su antiguo domicilio [hace años que] no vive... Si está aquí, es posible que Silvia llame.

Coral.—¿Después de tanto tiempo?

Fina.—Eso no importa, hija. Un verdadero afecto resiste al tiempo. *(Suspira, deja su labor y toma un mazo de cartas, que baraja.)*

Lázaro.—*(Reflexiona y habla con tono trivial.)* Esperar su llamada es razonable. No por lo que dice tu madre... El tiempo sí apaga los sentimientos. Pero tendríamos que hablar de tantas cosas... Si ha venido, creo que no dejará de llamar. [A este teléfono o al de la librería.] (Doña Fina *asiente y brinda a* Lázaro *la baraja.)*

Fina.—Corta con la izquierda.

Coral.—¿Otra vez, mamá?

Fina.—Las cosas nos hacen guiños en las cartas más que en las músicas. *(A* Lázaro.*)* [¡Corta!] La distribución es nueva; viene en ese libro que me diste.

Lázaro.—*(Benévolo.)* Corto. *(Lo hace. Su hermana empieza a disponer cartas sobre la mesa.)*

Fina.—[¡Y siéntate de una vez!] Ya verás, ya.

Coral.—¡Si no das una, mamá!

Fina.—Descarada. Con todo lo que te he acertado...

Lázaro.—*(Se sienta.)* «Hay más cosas en el cielo y la tierra, Horacio, de las que sueña tu filosofía».

Fina.—¿Ahora le llamas Horacio a tu sobrina?

Coral.—¡Que eso es de Shakespeare, mamá!

Fina.—¿Y qué?

Lázaro.—Que él también creía en los enigmas. Como yo.

Coral.—¿Tú?

[Fina.—*(Estupefacta.)* La primera vez que te lo oigo.]

Lázaro.—Sí, Coralito. Hay personas que, con cartas o sin cartas, prevén cosas del futuro.

Fina.—*(Triunfante.)* ¡Acabáramos!

Lázaro.—*(Burlón, siempre a* Coral.) Pero, bien pensado, resulta increíble... que una de esas personas sea tu madre.

Fina.—*(Quemada.)* Muy gracioso.

Lázaro.—*(Le señala las cartas.)* ¡Adelante, Horacio!

Fina.—¿Ahora soy yo Horacio? *(Se barrena una sien con el dedo. Risas, interrumpidas por el timbre del teléfono. Suena ahora más fuerte y es, inequívocamente, el de la mesa de despacho. Se miran los tres.)*

Coral.—Ahora sí suena. *(Señala la mesa.)* ¿Lo tomo?

Lázaro.—No. *(Se levanta y se precipita a la mesa. Descuelga.)* Diga... Sí, librería El Laberinto... Atenderán mejor a su consulta si llama, por favor, al otro número... *(Entra por la cortina de la izquierda* Mariano: *unos veinticinco años, indumentaria juvenil, abierta y benévola expresión. Trae un libro bajo el brazo. Da unos pasos y escucha.)* También puedo yo informarle, desde luego... ¿«Los rostros del temor», de Janvier? Acaba de publicarse, pero tardaremos unos días en recibirlo... *(*Mariano *le hace señas y le muestra el libro que trae.)* Un momento... Me dicen que ya nos ha llegado... Pues cuando usted guste... Muchas gracias. *(Cuelga. Pensativo, se sienta tras la mesa.)* ¡Qué casualidad!

Mariano.—Lo acabo de desembalar y me llevo uno. *(Algo abstraído,* Lázaro *juguetea con algún bolígrafo.)*

Lázaro.—¿Vas a salir?

Mariano.—En la tienda se queda el muchacho. Coral y yo nos vamos a ver a Amparo.

Lázaro.—¿A ver a Amparo?... *(Con guasa.)* ¡Ah, sí! Amparo.

Mariano.—[Llamó esta mañana y] tenemos que verla. ¿Nos vamos, Coral?

Lázaro.—Oye, Mariano... ¿Va en serio la cosa?

Fina.—¿Cómo va ir en serio? Ella es mayor que él.

Mariano.—*(Seco.)* ¿Y qué?

Fina.—[¿Ésas tenemos?] ¡No querrás casarte con ella! *(Un silencio.)*

Lázaro.—*(A media voz.)* Vaya si va en serio.

Mariano.—*(De mal humor.)* No somos más que buenos amigos.

Fina.—Y antes, ¿qué erais?

Coral.—No seas tonta, mamá. *(Mira a su hermano con curiosidad.)* Lo menos hace dos meses que han roto. [Aunque quizá se vuelvan a arreglar...]

Mariano.—Podías callarte.

Fina.—¿Roto, qué? Porque buenos amigos, ya veo que lo siguen siendo...

Lázaro.—Fina, no seas indiscreta.

Fina.—*(A Lázaro.)* ¡Es mi hijo! Y Coral es mi hija. *(A Mariano.)* Y no quiero que nadie me la pervierta con malos ejemplos.

Lázaro.—¿A qué llamas malos ejemplos?

Fina.—*(Estalla.)* ¿Te gustaría que Coral se liase con cualquier zascandil?

Coral.—Pero, mamá...

Fina.—¡Ya, ya sé que ahora no le dais importancia a eso! *(A Mariano.)* ¡Pero como yo me entere de...!

Mariano.—*(Irritado.)* ¡Ya está bien! Aquí nadie pervierte a nadie. Vámonos, Coral.

Coral.—Voy a guardar el laúd. *(Se levanta para ir a recoger el instrumento.)*

Fina.—*(Contrariada.)* Así que tú también te vas.

CORAL.—*(Toma su laúd.)* Hay que consolar a la pobre Amparito.

LÁZARO.—¿Pobre?

CORAL.—La han eliminado del Premio Ateneo. [No está ni entre los finalistas.]

FINA.—Ven a sentarte, Lázaro...

MARIANO.—Es muy entera. Podrá con el disgusto.

CORAL.—*(Dulce.)* Pero siempre se necesita consuelo. *(Va a irse por la derecha.)*

LÁZARO.—Mariano, dile a Amparo que he leído su novelita y que estoy decidido a inaugurar con ella las Ediciones de El Laberinto.

CORAL.—*(Se detiene, llena de alegría.)* ¡Viva!

MARIANO.—*(Avanza muy contento y se apoya en la mesa).* [¿Hablas] en serio?

FINA.—*(Melosa.)* Lázaro, [esta distribución es buenísima.] Las cartas están de lo más interesante...

LÁZARO.—*(La mira un instante y, sin hacerle caso, pasea.)* Va a ser una colección muy modesta... [Tampoco es para bailar de alegría.]

CORAL.—¡Por algo se empieza! *(Suspicaz, da unos pasos hacia el centro.)* Tío, no lo harás para consolarla...

LÁZARO.—¿Sin mentir?

MARIANO.—Claro.

LÁZARO.—*(A los dos.)* He leído pocas cosas tan buenas.

MARIANO.—¿De verdad?

LÁZARO.—Brillante capacidad de invención, una estructura agilísima... y personajes asombrosamente vivos. *(*CORAL *silba, ponderativa.)*

[MARIANO.—Todos sus amigos lo sabemos.

CORAL.—] *(Corre hacia la derecha.)* ¡Te espero en la puerta!

FINA.—¿Vendréis a cenar?

Mariano.—No creo.

Fina.—Muy bien. Seguid con vuestros comistrajos y vuestras juergas. Mientras haya una verdadera mujer en esta casa, vuestro tío tendrá su cena dispuesta. (Coral, *que ya iba a salir, se ha parado y se vuelve, indecisa.*)

Lázaro.—Coralito la prepara muchas noches. [Demasiadas, en mi opinión.]

Fina.—*(Refunfuña.)* Todas las noches deberían ser.

Lázaro.—*(A* Coral.*)* ¿A qué esperas? ¡Vete ya!

Coral.—*(Con una risita.)* Adiós, mamá... Que te alivies. *(Sale por la derecha con su laúd.)*

Mariano.—Gracias en nombre de Amparo, tío Lázaro. *(Va a cruzar.)*

Lázaro.—Dile que venga a firmar el contrato cuanto antes.

Mariano.—Se lo diré. Adiós. *(Cruza hacia la derecha.)*

Fina.—Un beso, hijo...

Mariano.—*(Se inclina y la besa al pasar tras ella.)* Hasta luego. *(Sale por la derecha. Un silencio.)*

Fina.—*(A media voz.)* ¿No vienes?

Lázaro.—*(Que, en sus paseos, ha vuelto a la mesa y está mirando el teléfono.)* Ahora mismo.

Fina.—*(Para persuadirle.)* Aquí está. La que siempre sale... *(El timbre del teléfono empieza a sonar débilmente.* Lázaro *vuelve a mirar al de la mesa. Pone la mano sobre el aparato, pero no llega a descolgar. Su hermana lo observa. Él retira su mano.)*

Lázaro.—¿No suena el teléfono de la tienda?

Fina.—Yo no oigo nada... *(Por las cartas.)* Ven. ¡Fíjate! *(*Lázaro *se acerca, pensativo. El timbre del teléfono se amortigua. Antes de sentarse junto a su hermana, mira a la mesa por un momento. Los timbrazos, ya muy débiles, cesan.)* ¿Lo ves? La sota junto al rey, que eres tú.

Lázaro.—*(De nuevo sonriente, se sienta.)* Fina, estás guillada.

Fina.—¿Sí? ¿Por qué me prestas entonces libros de cartomancia?

Lázaro.—Porque tú te empeñas.

Fina.—Y porque «hay más cosas en el cielo y la tierra...», ¿cómo sigue?

Lázaro.—De las que sueña mi filosofía, ¿no?

Fina.—Ahora eres tú Horacio. ¡Y me llamas a mí guillada! *(Él ríe un poco.)* Mira. La sota de oros junto al rey de oros. No falla. La última vez, sólo a dos cartas de distancia. La anterior, a tres. ¿Qué te parece?

Lázaro.—*(Burlón.)* Me llena de esperanzas.

Fina.—Ríete si quieres, pero esta mujer... se está acercando. [Quizá en un viaje.] ¿Ves? Las figuras, en los extremos, y el as de bastos, boca abajo.

Lázaro.—Y eso, ¿qué significa?

Fina.—Que los obstáculos desaparecen. [Como no surjan otros impedimentos,] la vas a ver muy pronto.

Lázaro.—Y esa mujer, ¿quién es?

Fina.—Las cartas no lo dicen.

Lázaro.—*(Se echa a reír.)* Pero tú piensas que es Silvia.

Fina.—*(Insinuante.)* ¿Tú no?

Lázaro.—¿Después de veintidós años?

Fina.—¿No te dijo un amigo que había vuelto?

Lázaro.—[Que le había parecido verla de lejos.] Seguramente una confusión. A saber lo cambiada que estará.

Fina.—[Yo no invento nada.] Esta sota te está rondando desde hace tiempo.

Lázaro.—*(Le pone una mano en el cabello.)* ¡Cabeza loca!

Fina.—¿Quieres que probemos otra *chance*? *(Reúne las cartas.)*

Lázaro.—*(Bromea.)* Lo dejaremos. No vaya a ser que ya no salga la sota. *(Se levanta.)* Voy a prepararme mi té.

Fina.—*(Mientras deja la baraja en el estuche.)* ¿Y por qué va a ser una confusión de tu amigo? [Ella puede haber regresado...]

Lázaro.—*(Se detiene junto a la cortina.)* Si ha regresado, está tardando demasiado en llamar. *(Sale por la derecha* Doña Fina *se levanta en el acto.)*

Fina.—Espera, hombre. *(Va hacia la derecha.)* Yo te hago el té y te lo llevo a la librería. ¿Para qué estamos nosotras? *(Sale al tiempo que la luz baja y la habitación de Amparo se ilumina. Se oye una sola llamada larga del timbre de la puerta. Contrariada, levanta ella la cabeza, mira su reloj, suelta el bolígrafo, se levanta y sale por la puerta del fondo.)*

Amparo.—*(Su voz.)* Hola, Germán. *(Reaparece, seguida de* Germán.*)*

Germán.—¿Aún no han llegado?

Amparo.—Ya lo ves. Busca por ahí si quieres tomar algo.

Germán.—¿Te traigo a ti?

Amparo.—Bueno. Una lata de zumo. *(Sale él. Ella se sienta de nuevo, repasa lo escrito y corrige alguna palabra. El primer término de la escena se ilumina. Los visos del agua caen sobre el banco vacío y se expanden, amortiguados, alrededor.* Coral *y* Mariano *entran por la derecha y cruzan. Ella viene mascando pipas de girasol que extrae de una bolsita.)*

Coral.—¿Tú no estás preocupado?

Mariano.—*(Benévolo.)* ¿Por tu concierto?

Coral.—Por el tío Lázaro. Habría que contárselo a Amparo.

Mariano.—¿El qué?

CORAL.—Lo que le pasa con el teléfono.

MARIANO.—¿Y por qué hay que contárselo a Amparo? *(Se detiene.)*

CORAL.—Porque es listísima y porque se lo contamos todo. *(Retrocede y lo toma de un brazo para proseguir.)* [Si le dijésemos lo del tío...]

MARIANO.—Al tío no le pasa nada. Le van bien las cosas y está contento. *(Va a seguir andando.)*

CORAL.—*(Lo para.)* Y oye el teléfono.

MARIANO.—*(Ríe.)* ¡Muy natural! Espera una llamada.

CORAL.—¿Natural oír un teléfono que no suena?

MARIANO.—Yo no creo que lo oiga realmente...

CORAL.—*(Afirma con vehemencia.)* ¡Lo oye! Lo tengo muy comprobado. *(Se miran. Él da unos pasos. Ella lo retiene.)* ¿Tú crees que esa Silvia... llamará?

MARIANO.—Mejor que no llame. Ella tendrá ahora... algo más de cuarenta años...

CORAL.—El tío sólo tiene cuarenta y seis.

MARIANO.—¿Sólo?... ¿En qué matemáticas andas metida, chica?

CORAL.—*(Con leve risa.)* Estamos llenos de reflejos. Mírate.

MARIANO.—*(Con sorna.)* Mensajes misteriosos, ¿no?

CORAL.—¿Nos sentamos [y hablamos del tío?]

MARIANO.—Se hace tarde.

CORAL.—Mira. Esa colilla es de Germán. *(Se acerca al banco.)*

MARIANO.—Esa marca la fuman muchos.

CORAL.—No en este banco.

MARIANO.—¡Si a Germán no le gusta este sitio!

CORAL.—Se habrá sentado aquí por si pasábamos. *(En el cuarto de* AMPARO, GERMÁN *reaparece con un vaso y una lata que deja sobre la mesa.)*

AMPARO.—Gracias. *(Bebe un sorbo.* GERMÁN *husmea por la habitación.* CORAL *se sienta en el banco y se relaja con un suspiro.* MARIANO *se acerca y la toma de un brazo.)*

MARIANO.—¡Coral, que nos espera Amparo!

CORAL.—*(Muy tranquila.)* No hay prisa.

MARIANO.—Ya volverás al paraíso en otra ocasión. *(Levanta a la remolona y siguen hacia la izquierda. Se para ella de nuevo y mira al banco.)* Vamos...

CORAL.—*(Suspira.)* ¿Entraréis pronto de pasantes con Piñer?

MARIANO.—Quizá sólo uno.

CORAL.—¡Qué difícil está todo! Dan ganas de sentarse ahí y no volverse a procurar por nada. [Ni del concierto, ni de entrar o no entrar de pasante...]

MARIANO.—*(Recita, irónico.)* «Dejando mi cuidado entre las azucenas olvidado». Pero a la noche nos echaría el guarda. *(La lleva. Ella se echa una pipa a la boca.)*

CORAL.—Que haya suerte. *(*GERMÁN *se sienta en la cama y observa a* AMPARO *mientras bebe. Ella le lanza alguna fría mirada.)*

MARIANO.—*(Se detiene un momento y ríe un poquito.)* ¿Para quién?

CORAL.—Para ti... y para Germán, claro.

MARIANO.—Que a ti te mola más que las natillas.

CORAL.—¡Idiota!

MARIANO.—Hasta te gustaría que se hubiese sentado en el banco... para esperarte.

CORAL.—¡Cretino! *(Han salido y se pierden sus risas. El primer término reingresa en la penumbra.)*

AMPARO.—No me concentro. *(Recoge sus papeles.)*

GERMÁN.—Me lo explico. Ya sólo puedes pensar en mí.

AMPARO.—Payaso.

GERMÁN.—*(Con zumba.)* ¡Lo digo en serio! *(Grave.)* Es

lógico que Mariano y tú hayáis terminado. Él no te entiende. Ni idea tiene del trago que estás pasando. *(Baja la voz.)* Si lo pasases conmigo al lado [sería más llevadero.] Yo te sabría razonar que no es ninguna catástrofe.

AMPARO.—*(Se vuelve hacia él encendiendo un cigarrillo.)* No estoy pasando ningún mal trago.

GERMÁN.—Eso díselo a Mariano, no a mí. *(Se incorpora.)* [¿Por qué no afrontamos la situación como amigos leales?] Cuando él venga, tú le dices: ya que lo nuestro terminó hace tiempo, te diré que Germán y yo... tal vez nos arreglemos.

AMPARO.—¡Qué interesante! Lo malo es que yo no quiero acostarme contigo.

GERMÁN.—*(Se levanta.)* [¿Seguro que no lo has pensado?

AMPARO.—*(Ríe.)* ¡Ni lo dudes!

GERMÁN.—]*(Va hacia ella.)* ¿Es por no herirle? Pero lo vuestro acabó definitivamente.

AMPARO.—Tú qué sabes.

GERMÁN.—Me lo dijo él. Me lo dice todo. Es un buen chico, pero no está a tu altura.

AMPARO.—¿Y tú sí?

GERMÁN.—Yo no soy un niño y él siempre lo será. Él y su hermana; criados entre algodones por la mamá y el tío.

AMPARO.—Ahora es ella la que no está a tu altura.

GERMÁN.—¿A qué viene eso?

AMPARO.—¿No andabas detrás de Coral?

GERMÁN.—Esa chavala sólo piensa en su laúd.

AMPARO.—Vamos, que tampoco quiere acostarse contigo. *(Media sonrisa elusiva de* GERMÁN.*)* [Pobre Germán. Tienes poca suerte.]

GERMÁN.—No te pases de cruel conmigo. No lo merezco.

Amparo.—¿Quién entra por fin de pasante con Piñer?

Germán.—*(Lo piensa.)* Estoy seguro de que en la entrevista quedé yo mejor. Veo más lejos que Mariano en cualquier problema jurídico. Pero [puede que lo elijan a él...] Su tío habrá sabido recomendarle.

Amparo.—Según mis noticias, no ha movido ni un dedo.

Germán.—Bah. Tus noticias son las mías. Las de Mariano. [Qué sabes tú de esa gente.] El tío es más hábil que los sobrinos y sabe ocultar lo que hace, pero es tan blando como ellos.

Amparo.—¿Y si no entraseis ninguno de los dos?

Germán.—*(Pasea.)* Casi lo preferiría.

Amparo.—¿Por qué?

Germán.—*(Con serena convicción.)* Piñer es un abogado de la alta burguesía.

Amparo.—¿No es directivo del Centro de Juristas Liberales?

Germán.—Un centro en el que ni Mariano ni yo hemos querido inscribirnos. ¿Cuándo has visto a ninguno de ellos en una manifestación a nuestro lado? ¿Quién de ellos ha firmado con nosotros peticiones comprometedoras?

Amparo.—Dos o tres lo han hecho. Y hasta han sido detenidos alguna vez, cosa que a ti aún no te ha sucedido.

Germán.—¿Y qué? Por muy liberales que se titulen, son unos reaccionarios. Ahora todos se llaman liberales... Menudos pájaros. Si Piñer nos da puerta a los dos, abriremos un despacho de abogados laboralistas.

[Amparo.—¿Con el dinero de su tío?

Germán.—Puesto que él lo tiene...]

Amparo.—Curiosa amistad la vuestra.

Germán.—Ya ves. Inseparables desde la facultad. Y es que, a pesar de lo bobo que es, le tengo afecto.

Amparo.—Yo también.

Germán.—*(Junto a ella.)* Pero como una madrecita, [aunque te gustase como hombre.] Rompiste porque viste lo que yo: que era un tierno infante.

Amparo.—No me gusta que hables así de él.

Germán.—Atribúyelo a los celos...

Amparo.—*(Atónita.)* ¿A los celos?

Germán.—*(Le pone las manos en los hombros.)* Te deseo y te quiero bien, Amparo. [Mucho más de lo que piensas.] Y no como a una madrecita sino como a una compañera. He tragado no poca quina viendo vuestras relaciones.

Amparo.—Quítame las manos de encima.

Germán.—*(Sin hacerlo y con honda sinceridad.)* Tú y yo, Amparo. Dos [verdaderos] luchadores que no pactan con esta sociedad podrida, aunque le arrebaten lo que puedan.

Amparo.—*(Ríe.)* Podemos ser enemigos implacables de esta sociedad podrida sin tener que meternos en la [misma] cama. ¿No te parece?

Germán.—*(Enardecido.)* ¿Crees que sólo busco eso? ¡Te busco a ti! ¿No te das cuenta de que somos iguales? *(Suena el timbre de la puerta.)*

Amparo.—Ahí están. Déjame *(Se desprende, se levanta, va al fondo y sale.* Germán *suspira, se estira la chaqueta y recompone su figura. Vagas voces de bienvenida. Entran* Mariano *y* Coral.*)*

Mariano.—¿Qué hay?

Germán.—Hola, Mariano. *(Se dan la mano.)* ¡Coralito! *(Da a la muchacha los dos besos habituales.)*

Coral.—¿A que nos has esperado en el banco del parque?

Germán.—¿Qué?

Coral.—¿Sí o no?

Germán.—¿Cómo lo sabes?

Coral.—*(Presume.)* ¡Soy detective! *(A su hermano).* ¿Lo ves? *(Y va a sentarse, muy ufana, en la cama.* Germán *se la queda mirando, intrigado.)*

Amparo.—*(Desde la puerta.)* ¿Algo de beber?

Coral.—Yo no.

Mariano.—Ahora iré yo a la nevera. *(Tiende el libro a* Amparo.) Toma. Para ti. *(Se sienta donde estuvo* Amparo.)

Amparo.—¡«Los rostros del temor»!

Germán.—De Lucien Janvier. Inteligente, pero ambiguo.

Amparo.—*(Hojea el libro.)* Pues el índice promete. *(Le da un afectuoso pellizco a* Mariano.) Eres un encanto. *(Deja el libro sobre su mesilla de noche.)*

Coral.—*(A* Amparo.) ¿Quieres pipas? *(*Amparo *toma algunas y empieza a mascar.)*

Germán.—*(A* Mariano.) ¿Ninguna noticia?

Mariano.—¿De lo nuestro? No. ¿Tú sabes algo?

Germán.—Tampoco. *(Se sienta en otra silla.)*

Mariano.—*(A* Amparo.) Para ti sí traigo una.

Coral.—¡Buenísima!

Amparo.—*(Se acerca.)* Tú dirás.

Mariano.—¡A la porra el Premio Ateneo, Amparo! Lo bueno es publicar.

Coral.—¡Díselo ya!

Amparo.—*(Se sienta junto a* Coral.) Dímelo tú.

Coral.—Mi tío inaugura sus ediciones... con tu novelita.

Amparo.—*(Contenta.)* ¿Es posible? ¿Aunque yo sea una desconocida?

Coral.—*(Contentísima.)* ¡Como lo oyes! Él quiere dar oportunidades. ¡Es más bueno!

Germán.—¡Me alegro de veras, Amparo!

Mariano.—Y ha dicho que vayas en seguida a firmar el contrato.

Amparo.—Gracias. Gracias... a vosotros dos.

Mariano.—¡No, no! A él.

Coral.—Lo tienes alucinado con tu novela. Que la invención es brillante, que eres estupenda en la construcción...

Mariano.—Y que tus personajes están vivos. ¡Bueno, estoy hay que festejarlo! *(Se levanta.)* Y yo sé con qué botellita. *(Va al fondo.)*

Amparo.—*(Con sencillez.)* Me viene mejor de lo que podéis suponer, porque... *(Se interrumpe.)*

Mariano.—*(Desde la puerta.)* ¿Por qué? *(*Coral *apenas atiende; se ha ensimismado.)*

Amparo.—*(Sonríe.)* Luego os lo digo.

Mariano.—Observen el astuto sentido de la intriga de la gran novelista. ¡Pues no tengo prisa! *(Sale.* Coral *se lleva otra pipa a la boca pero no llega, pensativa, a quebrarla. Breve silencio.)*

German.—¿Estás pensando en mí, Coralito?

Coral.—*(Asombrada.)* ¿En ti? No.

Germán.—*(Gimotea.)* ¡Qué decepción!

Amparo.—*(Mira a* Coral *con curiosidad.)* Pues algo te preocupa.

Coral.—Sí... Bueno, no a mí. Pero...

Amparo.—¿Pero qué? *(*Mariano *reaparece presuroso con una bandeja en la que trae vasos y una botella de champaña.)*

Mariano.—Ya la he abierto. ¡A brindar! *(Coloca la bandeja sobre la mesita y empieza a servir vasos.)*

GERMÁN.—*(Ojeada a la botella).* La reina de la bodega, sí, señor. ¡No es para menos!

AMPARO.—¿Qué le pasa a Coral, Mariano?

CORAL.—¡Si no me pasa nada!

MARIANO.—*(Se detiene, mira a su hermana y comprende.)* ¡Ah, sí! [No tiene importancia.] Está preocupada por el tío Lázaro. Y quiere consultarle algo a la psicóloga del grupo.

AMPARO.—¿Soy yo la psicóloga?

MARIANO.—*(A* CORAL.*)* Es eso, ¿verdad?

CORAL.—*(Tímida.)* Sí.

MARIANO.—*(A los otros.)* Son aprensiones.

CORAL.—No son aprensiones.

MARIANO.—¡Vamos, suéltalo ya!

[CORAL.—¿Ahora?

MARIANO.—¡Claro!] Amparo se va a morir de risa.

CORAL.—Es que... es algo delicado...

GERMÁN.—*(Discreto.)* Bueno, yo tengo que hacer...

MARIANO.—[¡Qué tontería!] Tú también puedes saberlo. Se trata de que mi tío... *(Se le escapa la risa.)* ¡oye un teléfono! *(*CORAL *arruga entre tanto su bolsita, ya vacía, y se levanta para dejarla en la bandeja.)*

CORAL.—*(A su hermano, hosca.)* ¡Un teléfono que no suena!

AMPARO.—¿Que no suena?

MARIANO.—*(Trivial.)* Sí... Oye un teléfono... *(Empieza a llenar vasos.)*

[CORAL.—Y desde hace tiempo.

MARIANO.—]Es que espera una llamada. *(Se le desborda un vaso al llenarlo.)*

GERMÁN.—¡Eh! ¡Que me duchas! *(Ríen.)*

MARIANO.—*(Mientras llena otro, canta con la melodía de*

«*Marina*».) ¡A beber, a beber y a duchar...! *(Distribuye. Le da un vaso a Amparo.)*

AMPARO.—*(Lo toma.)* ¿Una llamada? ¿De quién?

CORAL.—Pues de aquella chica con la que mi tío tuvo un incidente.

MARIANO.—Que ya será una respetable señora. ¡Muchachos, por la genial novelista!

GERMÁN.—*(Se levanta.)* ¡Por Amparo la incomparable!

AMPARO.—Gracias, gracias, amados gamberros. *(Beben.)*

MARIANO.—¡Más, más! *(Vuelve a colmarle el vaso y de paso llena el suyo.)*

AMPARO.—¿De qué incidente habláis? [Yo no sé nada de eso.]

CORAL.—*(Se sienta a su lado.)* ¡Si te lo contamos hace tiempo! Se llamaba Silvia. ¿No te acuerdas?

AMPARO.—*(Haciendo memoria.)* Sí... [Una compañera de la facultad... La chica se marchó y no la ha vuelto a ver.] Algo me dijisteis de un incidente, pero no me lo explicasteis.

CORAL.—¿No?... Fue una burrada de las de entonces...

MARIANO.—De entonces y de siempre. Nos guste o no, las espadas siguen el alto. *(Se sienta y bebe a sorbitos.)*

CORAL.—Iban juntos en una manifestación estudiantil de protesta y, cuando ya se volvían a sus casas, dos desconocidos los apalearon en una esquina.

GERMÁN.—¿Ultras?

MARIANO.—Entonces los llamaban fachas.

CORAL.—La chica estuvo malísima, y el tío también... Después no pudo verla. Mamá me ha contado que, [cuando mi tío se repuso y quiso hablar con ella,] sus padres la llamaron para decirle que se la habían llevado a Inglaterra.

MARIANO.—Eso yo nunca me lo he creído. [Según mi

tío,] la familia de Silvia era muy [tradicional, pero muy] modesta. Lo que querían era alejarla de él. Porque pensaban que mi tío la arrastraba a los líos de la política..., ¡y era al revés!

Amparo.—¿Al revés?

Mariano.—Era una cría, pero muy decidida. Fue ella quien le inculcó el interés por la lucha. Por lo menos, eso es lo que él nos ha dicho. ¿Verdad, Coral?

Coral.—Sí.

Germán.—Y ahora oye un teléfono... [¿Desde hace mucho?]

Coral.—[Yo creo que...] desde hace más de un mes. ¡O mucho más!

Mariano.—Desde que alguien le dijo que la había visto por la calle. Pero como no sabe dónde puede vivir, al tío no le queda sino esperar a que ella llame. Y ese es todo el misterio. *(Breve silencio.)*

Coral.—*(A media voz.)* ¿Te das cuenta, Amparo? Es como de novela. *(Vuelve el silencio.)*

Amparo.—¿Estará inquieto? ¿Quizá deprimido?

Mariano.—En absoluto. De tan buen humor como siempre. Por eso creo que lo del teléfono carece de importancia.

Germán.—*(Pensativo.)* Una obsesión pasajera... Como cuando se nos mete en la cabeza una musiquilla y no nos deja...

Coral.—¿Cómo no va a ser grave que un señor oiga un teléfono? Habría que hacer algo por el tío Lázaro. *(A su hermano.)* ¡Y ya ves que Amparo no se muere de risa!

Amparo.—¿Os parece a vosotros que oye ese timbre o lo oye realmente?

Mariano.—*(Se encoge de hombros.)* Coral dice que lo oye.

Amparo.—*(Mide sus palabras).* Pues... [si la cosa es como decís...,] no creo que sea para reírse.

Coral.—*(A su hermano.)* ¡Te lo dije!

[Mariano.—¡Es una persona equilibrada y activa!

Amparo.—Lo que podría ser aún más grave.

Mariano.—¿Por qué?]

Amparo.—Un hombre aparentemente normal..., con una alucinación auditiva persistente.

[Mariano.—¿Insinúas que puede estar loco?

Amparo.—No me gusta esa palabra. Pero normal no parece estar.]

Coral.—¿Qué podríamos hacer?

Germán.—Muy sencillo. Quitarle su obsesión.

Coral.—¡Tú dirás cómo!

Germán.—*(Irónico.)* ¿Qué harías tú..., abogado? Tómalo como un asunto profesional.

Mariano.—Así, de pronto..., no sé qué decir.

Germán.—Pues has tenido tiempo para pensarlo.

Mariano.—*(Contrito, desvía la vista.)* Puede que ella ni siquiera haya vuelto. [Y su rastro se ha perdido tan completamente...]

Germán.—*(Riendo.)* «¡Elemental, querido Watson!» En principio, hay averiguaciones bastante fáciles. Y de eso me encargo yo. *(Saca un librito.)* ¿Ella se llama...?

Coral.—Silvia Marín Zamora.

Mariano.—¡Qué bien te lo sabes! *(Germán los mira y apunta.)*

Amparo.—*(A Germán.)* Y después, ¿qué?

Germán.—*(Se levanta y pasea.)* Naturalmente, informarle a él de lo que sea.

[Amparo.—¿Tú crees?

Germán.—¡Pues claro!] Si él comprueba que ella lo ha

olvidado, o que se casó, el teléfono que oye tiene que dejar de sonar.

Amparo.—Es posible. Pero ¿sería prudente informarle? Depende del informe.

Germán.—*(Se encara con ella.)* ¡La verdad siempre, Amparo! Es la mejor medicina.

Coral.—Hay que tener cuidado.

Germán.—¡Qué burguesitos irremediables sois! Las cosas hay que afrontarlas de cara.

Coral.—¿Tú qué harías, Amparo?

Amparo.—Hay que pensarlo.

Germán.—*(Deja su vaso de golpe sobre la mesa.)* Pues mientras vosotros lo pensáis, yo actuaré.

Mariano.—No le dirás nada a mi tío sin consultárnoslo antes, ¿eh?

Germán.—Claro que no, querido colega. *(Irónico.)* Te lo consultaré.

Mariano.—Cuento con ello. *(Se levanta.)* Bueno, habíamos venido a festejar la gran noticia con Amparo. *(Empuña la botella.)* ¡Ésta hay que acabarla!

Amparo.—*(Riendo.)* Sí... Porque hay que celebrar otra cosa, Mariano.

Mariano.—¿El misterio que te guardabas? ¿Qué pasa?

Amparo.—No es que tenga importancia... He perdido mi empleo. *(Todos la miran, estupefactos.)*

Mariano.—¿Qué dices?

Amparo.—Reducción de personal. Los ingresos han subido este año, pero se ve que no ganan todo lo que quieren.

Germán.—¡Son insaciables!

Mariano.—¡Insaciables y tontos! Tú eres la más capaz.

Amparo.—No me importa. Estaba harta de ellos.

Germán.—Amparo, si quieres, interponemos un recurso.

Amparo.—No. Todo es legal y me han indemnizado. Con eso y el subsidio de desempleo puedo aguantar un tiempo. Hasta que encuentre algo. *(Ríe, al verlos tan cariacontecidos.)* ¡No pasa nada, chicos! Ya me las arreglaré. *(Bebe de su vaso.* Mariano *la imita sin convicción; luego se pone a pasear.)*

Coral.—Oye, Mariano: ¿no crees que...?

Mariano.—*(Se detiene.)* ¿A que estás pensando lo mismo que yo?

Coral.—Pienso que el tío Lázaro...

Mariano.—*(Nervioso, mira su reloj.)* ¡Amparo, vámonos todos en seguida a la librería!

Amparo.—¿A qué?

Mariano.—A pedirle a mi tío que te tome de secretaria.

Coral.—¡Eso!

Amparo.—¿Secretaria?

Coral.—¡Es una idea buenísima! ¿Quién mejor que tú?

Mariano.—¡Está buscando un secretario!

[Amparo.—Os tiene a vosotros...

Coral.—¡No! Dice que Mariano debe dedicarse a su profesión y yo a mi música.

Mariano.—]Y como anda de cabeza con papeles y presupuestos, porque quiere abrir otra librería...

Germán.—Y si hay suerte, una cadena de librerías, supongo.

Mariano.—¿Y por qué no?

Germán.—Otro orondo empresario... generoso con sus esclavos, eso sí.

Coral.—*(Vehemente.)* ¡Mi tío no explota a nadie!

Germán.—No puede evitarlo. Está dentro de un sistema sin futuro, *(A* Amparo*)* que engendra el paro, donde a ti te han arrojado ahora.

Mariano.—[Todo eso es verdad. Pero] la librería El Laberinto es la más progre de toda la ciudad.

Germán.—No estoy diciendo que tu tío sea un desalmado. Digo que el sistema...

Coral.—*(Se levanta.)* ¡Ya está bien con el sistema! Vamos a la librería, Amparo.

Mariano.—¡Si vamos ahora te llevas el puesto!

Amparo.—¿No sería mejor ir mañana para lo del contrato y entonces...?

Germán.—Eso tampoco. Las cosas, en caliente.

Amparo.—*(Burlona.)* ¡Ah! ¿Me das permiso para que el sistema me explote?

Germán.—[No digas chorradas.] Ya te explotaba y puede que sea mejor con don Lázaro.

Mariano.—¿Puede? Como si no supieras lo íntegro que es.

Coral.—¡Vámonos corriendo!

Amparo.—Está bien... Id saliendo.

Germán.—Que haya suerte. [Porque yo no os acompaño.] Mientras vosotros charláis con el tío, empiezo mis investigaciones. ¡Y me voy volando!

Amparo.—Pues no te aproveches de esta pobre esclava del capitalismo y lleva tu vaso a la cocina.

Germán.—¡No pasas una! Adiós a todos. *(Exhibiendo su vaso, sale por el fondo.)*

Coral.—¡Hasta en eso piensas como mi tío! Yo llevaré la bandeja. *(Mientras pone en ella los otros vasos y la botella.)* ¿Vienes, Mariano? *(Levanta la bandeja.)*

Mariano.—Espérame en el portal. *(Toma una zamarra de* Amparo.*)* [Voy a ayudar a Amparo.] *(*Coral *los mira, dibuja una sonrisa pícara y sale con su carga.* Amparo *se despoja de su batín.* Mariano *le ayuda a ponerse la zamarra.)* Amparo, qué maravilla si mi tío te da el trabajo.

Amparo.—¿Maravilla? No es para tanto. *(Recoge su bolso.)*

Mariano.—Para mí, sí... Te volvería a tener cerca.

Amparo.—*(Se encara con él y le habla con dulzura para suavizar lo que le dice.)* [¿Es ese el motivo de pedirle a tu tío el puesto para mí?

Mariano.—¿Cómo puedes pensar eso? Lo que quiero es ayudarte a ti y al tío Lázaro.

Amparo.—]Vamos a dejar las cosas claras, Mariano. Lo nuestro terminó y hemos seguido siendo amigos. Así debemos continuar.

Mariano.—*(Traga saliva.)* Es que te quiero.

Amparo.—Te lo parece... Se te pasará. Entre nosotros no ha habido más que un arrebato de los sentidos y un poco de imaginación. Pero no congeniábamos.

Mariano.—Yo contigo, sí.

Amparo.—Pues perdona. Tal vez yo sea una mujer difícil... Lo siento. *(Va a salir. Se detiene.)* Quizá sería mejor renunciar a ese puesto.

Mariano.—No, por favor. A ti te conviene y yo... prometo no molestarte.

Amparo.—*(Lo mira fijamente.)* Si lo obtengo, ya sabes que sólo habrá amistad. Vámonos. *(Sale, y* Mariano *la sigue cabizbajo. La habitación se oscurece al tiempo que vuelve la luz a la trastienda. De pie,* Lázaro *bebe de una taza. Mientras menea las agujas de su labor,* Doña Fina *lo observa, complacida.)*

Fina.—Reconocerás que hago el té mejor que tú.

Lázaro.—*(Con sorna.)* ¿De veras? No me he dado cuenta.

Fina.—Farsante. *(*Lázaro *va a la mesa y vuelve a llenar su taza.)* Nos desvivimos por cuidarte, y tú, como si nada.

Lázaro.—Como si nada, no. Pero os excedéis.

Fina.—Es que mis hijos y yo sí somos agradecidos.

Lázaro.—¡Bah! Deja eso. *(Lanza un furtivo vistazo al teléfono. Ella lo observa con disimulo.)*

Fina.—*(Deja de mirarlo.)* Anoche soñé. *(La luz crece en el primer término. Los fulgores del agua nacen suavemente sobre el banco público.)*

Lázaro.—*(Risueño.)* ¿Sí?

Fina.—No te rías. [Los sueños anuncian muchas cosas.

Lázaro.—Sobre todo a ti.

Fina.—Y a ti. Es] un sueño donde sales.

Lázaro.—*(Frío.)* Ya me lo contarás. *(Se sienta, consulta algún papel. En el banco, fuertemente iluminado, los cabrilleos acuáticos bailan su lenta danza, que va expandiéndose alrededor. Entran por la izquierda* Amparo, Mariano *y* Coral.*)*

Coral.—*(Del brazo de* Amparo.*)* ... Será fabuloso. Como si entraras en la familia. *(Se detiene y mira a los dos con picardía.)*

Mariano.—*(Molesto.)* Hay que darse prisa. Mi tío podría llamar a algún otro candidato. *(Avanza.)*

Amparo.—[No tan aprisa...] ¿Nos sentamos un momento?

Mariano.—*(Indignado.)* ¿Tú también?

Amparo.—¿Qué pasa?

Mariano.—¿Se puede saber qué tiene este banco para vosotras?

Amparo.—*(Va a sentarse.)* Nos gusta.

[Coral.—*(Para sí.)* Es prodigioso.

Mariano.—Es agradable y nada más.]

Coral.—[Qué sabrás tú.] *(A* Amparo.*)* ¿Verdad que aquí se acaban todas las prisas? Como si los visos del agua nos mecieran...

Mariano.—Y nos adormecieran. *(Las dos mujeres son-*

ríen. CORAL *se sienta junto a* AMPARO.*)* ¡No os sentéis! [¡No se puede perder tiempo!] Debí llamar por teléfono.

AMPARO.—Déjamelo pensar un poco más... [En el sentido corriente de la palabra,] a mí no me interesa prosperar. Todo ese furor por situarse, por ganar dinero..., me da risa. Y asco. [Nunca he escrito mejor que cuando he estado sin trabajo. Y lo que] yo quiero [es] escribir, no convertirme en una eficiente ejecutiva. Nadie debería pensar en enriquecerse... Es inhumano.

MARIANO.—Entonces, a morirse de hambre.

AMPARO.—Ni lo uno ni lo otro. Se sale adelante.

CORAL.—Si vieras qué bien te entiendo... Tú quieres la fama, como yo.

AMPARO.—*(Deniega sonriente.)* No me desagradaría, pero ni siquiera es la fama lo que quiero. Es... otra cosa.

CORAL.—*(Con dulzura.)* Creo que también lo entiendo... Tienes razón. Ni siquiera la fama.

MARIANO.—*(Alarmado, baja la voz.)* No irás a arrepentirte ahora... *(*CORAL *le hace señas de que se calle. Las dos están, muy tranquilas y sonrientes, en un baño de luces. Una pausa.)*

CORAL.—*(Indica los visos.)* Mira qué belleza. Ahora somos ninfas de las aguas.

MARIANO.—*(Murmura.)* No hay quien pueda con vosotras. *(Enciende un cigarrillo y se sienta. El movimiento de las piernas denota su impaciencia.)*

FINA.—*(Rompe el silencio.)* Lo que soñé es que ella entraba por esa puerta. *(Señala a la derecha.)*

LÁZARO.—*(Resignado.)* ¿Quién es ella?...

FINA.—¿Quién va a ser? *(Confidencial.)* Tú estabas donde estás ahora y te levantabas... Ella seguía tan joven como entonces.

LÁZARO.—Lo cual es imposible.

Fina.—No en los sueños.

Lázaro.—*(Desabrido.)* Bueno, ya me lo has contado. Ahora cierra la boca.

Fina.—*(Dolida.)* Si quieres, me voy.

Lázaro.—No he dicho tanto. *(Doña Fina suspira y reanuda su labor.)*

Amparo.—*(Muy quedo.)* ¿Debo ir? No lo sé. Si estos reflejos nos enseñasen el mañana... Si fuesen un lenguaje...

Coral.—Lo son.

Amparo.—Pero nunca es claro.

Coral.—[No lo dudes.] Te gustará trabajar con él. Y podrás ayudarle.

Amparo.—¿A qué?

Coral.—Puede que seas tú la que dé con el modo de que ya no oiga ese teléfono.

Mariano.—*(Gruñe.)* Métete en la cabeza que eso es normal.

Coral.—*(Deniega.)* Está durando demasiado. *(Un silencio.)*

Mariano.—¿Nos vamos ya? *(Ellas no contestan. Están contemplando plácidamente el estanque. Él fuma, contrariado. Lázaro vuelve a oír el teléfono lejano y mira al de su mesa.)*

Fina.—Creo que has hecho bien al no casarte.

Lázaro.—¿Por qué?

Fina.—Por si ella vuelve. *(Lázaro da una seca palmada sobre la mesa. El timbre deja de sonar.)*

Lázaro.—¡Basta ya, Fina! Vuelva o no vuelva, ¿quién piensa en casorios? *(Torna a sus papeles con un leve resoplido de disgusto.)*

Coral.—Si ella volviese, todo se arreglaría. Pero puede que no vuelva.

Mariano.—Vámonos, Amparo...

Amparo.—Espera. *(Él se levanta, tira el cigarrillo y se cruza de brazos. Coral le vuelve a indicar que calle y tenga calma.)*

Mariano.—¡Se os pone cara de muñecas!

Coral.—*(Con una sonrisita.)* De ninfas.

Mariano.—¡No digas tonterías!

Amparo.—No son tonterías.

Mariano.—¡No hay quien os entienda!

Amparo.—Es en lo que fallas. Qué se le va a hacer. *(Él se siente herido por su malograda relación con ella y va a protestar. Se contiene con dificultad; al fin, profiere:)*

Mariano.—¿Te están diciendo los duendes del estanque lo que tienes que decidir? *(Amparo lo mira, enigmática, y se levanta.)*

Amparo.—*(Sonriente.)* Ya me lo han dicho. Vamos.

Mariano.—¡Ya era hora! *(La toma del brazo y comienzan a andar seguidos de Coral, que no disfraza su satisfacción.)*

Amparo.—*(Se detiene.)* Coral, yo no prometo nada. Tal vez no haya por qué observar ni ayudar.

Coral.—Seguro que sí.

Mariano.—¡Pesada! Tú tienes la obsesión de que el tío tiene una obsesión. Es a ella a quien tienes que observar, Amparo. ¡Está como un cencerro!

Coral.—¡Y tú, como un disco rayado!

Mariano.—¡Y tú, como un laúd sin cuerdas! *(Coral se para, dolida.)*

Amparo.—¡Mariano! *(Se desprende y toma el brazo de Coral.)*

Coral.—*(Con los ojos húmedos.)* Ha querido decir que toco mal.

Amparo.—No le hagas caso. Vamos. *(Pasan por delante de Mariano.)*

Mariano.—Lo siento, Coral... No he querido decir eso... *(Salen ellas por la derecha. Él va detrás.)* Tocas muy bien, de verdad... Cuando el tío lo dice... *(Ha salido a su vez. Los luminosos cabrilleos se extinguen poco a poco y el banco vuelve a la sombra, mientras* Doña Fina *se arriesga a seguir hablando.)*

Fina.—Creo que Silvia volverá. Dios lo quiera. Pero, si no volviese, tampoco estaría tan mal seguir los cuatro aquí, siempre juntos... *(*Lázaro *la mira y se echa a reír, meneando la cabeza ante su irremediable hermana.)*

Lázaro.—¿En qué mundo vives? Los chicos volarán un día.

Fina.—*(Baja la voz.)* [Ya que estamos solos,] te diré algo que nunca te he dicho. Preferiría... que mis hijos no volasen.

Lázaro.—¿Cómo?

Fina.—Los dos contigo, siempre. Cuidando de la librería y de ti.

Lázaro.—¿Estás en tus cabales, Fina?

Fina.—¿Qué más pueden desear? Ni la abogacía, ni la pera esa que ella toca, ni ningún matrimonio, les pueden dar más de lo que tienen contigo. ¡Ojalá lo comprendan!

Lázaro.—Hablas así por tu experiencia matrimonial. *(Se levanta y va a su lado.)* Pero no a todas las parejas les va tan mal, Fina.

Fina.—[Los cuatro] aquí juntos, Lázaro. Cuidándote. Porque te estamos tan agradecidos...

Lázaro.—*(Se sienta junto a ella y le oprime un brazo.)* Deja ese rollo.

Fina.—Les has dado estudios, me has tolerado a mí... Pudiste echarnos cuando murió mamá y no lo hiciste.

Lázaro.—[¡Qué disparate!] ¿Cómo iba a poneros en la calle después de haberos recogido mamá?

Fina.—*(Deja su labor a un lado.)* No fue mamá. Fuiste tú.

Lázaro.—Pero, Fina...

Fina.—Me lo dijo ella antes de morir. Tú habías dejado la universidad y te disponías a abrir la librería. No se me olvida. Con tus veintisiete años eras ya el hombrecito de la casa. Por eso mamá te consultó antes de traernos aquí. Y tú lo aprobaste.

Lázaro.—*(Baja los ojos.)* Ya no me acuerdo. *(Breve pausa. De repente, ella rompe a llorar.)* ¿Qué te pasa? *(Fina se levanta llorando y se aparta.)*

Fina.—¡Ay, Lázaro!... ¡Lázaro! *(Pasea, saca su pañuelo, intenta enjugarse los ojos.)*

Lázaro.—Pero, Fina, ¿a qué viene esa llorera?

Fina.—¡Qué bueno has sido!...

Lázaro.—¿Quieres callarte?

Fina.—*(De aquí para allá.)* ¡Tú no estabas obligado a nada con nosotros... y tenías que cuidar de tu negocio!...

Lázaro.—Y de vosotros.

Fina.—¡Más gastos! Porque yo no traje ¡ni un duro! [de lo que me correspondió a mí.] ¡Todo lo machacó el bribón de mi marido con amigotes, con mujerzuelas...

Lázaro.—Y en la timba del Círculo.

Fina.—¡Maldito mil veces el que inventó los juegos de azar!

Lázaro.—Sin el juego habría sido igual, Fina... Era un tarambana.

Fina.—Tienes razón. ¡Aquel trasto! Sólo Dios sabe lo que yo he sufrido los primeros años para sacar adelante a mis dos criaturas. Menos mal que ya está muerto. *(Se santigua. Se suena.)* Seis añitos tenía mi Mariano cuando vinimos aquí. ¡Y yo, con mi Coral en brazos, que aún le daba el pecho!...

LÁZARO.—*(Para quitarle importancia al diálogo, se levanta sonriendo.)* Pero si tú venías siempre, Fina. *(Va hacia la mesa. Ella se detiene.)*

FINA.—No me humilles. Bien sabes a lo que venía antes de que nos recogieseis. A pedir para comer, o para unos zapatos... [mientras aquel sinvergüenza se pasaba semanas enteras sin asomar por casa...]

LÁZARO.—*(De pie junto a la mesa, examina algún papel.)* Olvídalo. Si he recordado que venías es porque, cuando yo estuve tan enfermo...

FINA.—¿Cuándo el incidente?

LÁZARO.—*(Se vuelve y la mira por un segundo.)* Sí. Creo recordar que tú viniste y me cuidabas a todas horas.

FINA.—¡No faltaba más! Había que ayudar a mamá. *(Se vuelve a secar los ojos. Sorbe.)* Olvida este momento de debilidad. No volverá a suceder.

LÁZARO.—Te tomo la palabra. *(*FINA *se acerca a la mesa y toma el platillo con su taza de té vacía.)* ¿Qué haces?

FINA.—*(Escapa, risueña.)* Llevarme la taza antes de que te la lleves tú. *(Va hacia la derecha. Él sonríe y menea la cabeza.)* [Te pongas como te pongas, te cuidaremos.] *(Sigue su camino.)* Y aquí no hace falta ninguna otra mujer.

LÁZARO.—¿No has dicho que ojalá vuelva Silvia? *(Se sienta a su mesa.)*

FINA.—Quiero decir mientras ella no vuelva. *(Va a salir.)*

LÁZARO.—Oye, Fina... *(Ella se detiene.)* Cuando me cuidaste aquella vez...

FINA.—¿Después del incidente?

LÁZARO.—Parece mentira cómo se olvidan las cosas. ¿Tú recuerdas... si me dolían mucho los golpes?

FINA.—Creo recordar que te quejabas.

Lázaro.—Por la paliza, claro. Tú me darías friegas, me vendarías... ¿No?

Fina.—*(Avanza un poco hacia el centro.)* De esas cosas se ocupaba mamá. Yo... te velaba. *(Ríe y levanta la taza.)* Y te preparaba ya tacitas... Pero de caldo.

Lázaro.—¿Tenía muy desfigurada la cara?

Fina.—¡Uf! Malísima cara, ya lo creo.

Lázaro.—¿Con muchas contusiones? ¿Y en el cuerpo?

Fina.—Pues... no me acuerdo bien... Hace tantos años, que también me falla la memoria.

Lázaro.—No para las fechas.

Fina.—Pero ¿a qué viene preguntar eso a estas alturas? ¡Vaya un gusto, querer recordar si se te veían los cardenales!

Lázaro.—Es por combatir la pérdida de la memoria, ¿comprendes?

Fina.—Mira, cuanto menos te acuerdes de aquello, mejor. *(Va a irse. Se detiene.)* ¿No han abierto la puerta? *(*Lázaro *levanta la cabeza y escucha.)* Sí. Son mis hijos. ¡Y ahora querrán quedarse a cenar! *(Se oyen vagas voces y risas.)* ¡Qué desbarajuste!

Lázaro.—Ninguno. Os invito yo [a todos] a cenar fuera. *(Entra, aún riendo,* Mariano.*)*

Fina.—¿No has dicho que no volverías?

Mariano.—Pues he vuelto. Te traigo una visita, tío.

Fina.—¿Y tu hermana?

Mariano.—Está intentando hacer entrar a la visita.

Lázaro.—¿Una visita? *(Entra* Amparo *del brazo de* Coral, *que la empuja.)*

Mariano.—¿No dijiste que te trajera a Amparo? Aquí la tienes.

Amparo.—Buenas tardes. *(*Lázaro *se levanta, sonrien-*

te. No tarda en fijarse mejor y a su rostro asoma una sorpresa que procura disimular.)

LÁZARO.—Buenas tardes. *(Con tono de curiosidad.)* ¿Cómo te llamas?

AMPARO.—*(Sorprendida.)* ¡Soy Amparo Salas!

LÁZARO.—[Ya lo sé.] ¿Y de segundo apellido?

AMPARO.—Es muy corriente... García. No lo uso en lo que escribo. *(LÁZARO se acerca despacio a ella.)*

LÁZARO.—Tu novela es espléndida.

AMPARO.—Ojalá tengas razón.

LÁZARO.—¿Vienes a firmar el contrato?

AMPARO.—Y a otra cosa en que están empeñados tus sobrinos. Conste que no ha sido idea mía. *(DOÑA FINA frunce el entrecejo.)* Te ruego que lo pienses con entera libertad.

FINA.—Con permiso. *(Sale con el plato y la taza por la derecha sin que apenas reparen en ella, aunque AMPARO sí se inclina levemente.)*

CORAL.—*(Sonriente.)* El tío dirá que sí.

MARIANO.—*(Sonriente.)* ¡No es tonto! *(LÁZARO ha llegado junto a AMPARO y le tiende la mano.)*

LÁZARO.—Bienvenida a El Laberinto. *(AMPARO le estrecha la mano. La luz desciende. Oscuridad total.)*

(Algo lejano, se oye el allegro de la pieza de Bach. Vuelve la luz de un día radiante. Sobre la mesa hay ahora un servicio de té. Sentado, LÁZARO se sirve una taza. De pie y a su lado, AMPARO aguarda con una carpeta en la mano. Él toma un sorbo. La música sigue sonando.)

[AMPARO.—¿Está bueno?]

LÁZARO.—[Riquísimo.] ¿Por qué os empeñáis todas en hacerme el té?

AMPARO.—No me empeño. Ayer lo hiciste tú para los dos.

LÁZARO.—Sin que nos oiga mi hermana: lo haces muy bien. *(Breve pausa.)* Como todo.

AMPARO.—Muy amable. Y tú, ¿por qué lo bebes tanto?

LÁZARO.—*(Ríe.)* Deben de ser añoranzas de una Inglaterra que no conozco. *(Por la carpeta.)* ¿La firma?

AMPARO.—La firma. *(Le pone delante la carpeta abierta. Él va firmando.)*

LÁZARO.—Sí... Sí... Exacto. Con éste hay que tener una entrevista antes de concretar cantidad. El local que ofrece es muy caro.

AMPARO.—Por eso se la he sugerido.

LÁZARO.—La celebraremos sin prisa. Antes quiero obtener el crédito.

AMPARO.—Acceden. Hablé yo con el apoderado.

LÁZARO.—*(Asombrado.)* Ya no sé qué haría sin ti. Tienes una mano para estas cosas...

AMPARO.—Aprendí bastante en mi última empresa. Pero cuando me salen bien es por rutina. No puedes imaginarte hasta qué punto... me desagradan.

LÁZARO.—*(Contrariado.)* Creí que te gustarían.

AMPARO.—¿Te gustan a ti?

LÁZARO.—Confieso que me apasionan. Salir adelante, abrir más librerías, dar trabajo...

AMPARO.—Un plan perfecto de desarrollo empresarial.

LÁZARO.—*(De buen talante.)* No te burles.

AMPARO.—Y competitivo.

LÁZARO.—Vivimos en un mundo competitivo.

AMPARO.—Por desgracia.

LÁZARO.—*(Después de un momento.)* ¡Cómo me recuerdas a una persona a la que conocí mucho!... Sí. Y su ilusión, que llegó a ser la mía. Un mundo humano, por el que debíamos luchar y que no ha llegado. ¿Llegará?

(Mariano *entra por la izquierda y se detiene. Ellos lo miran.*) ¿Quieres algo?

Mariano.—*(Siempre a su tío.)* Perdona... No sé dónde está la última novela de Soto. Y el muchacho tampoco la encuentra. ¿Tú sabes si quedan ejemplares?

Amparo.—Dos. En la tabla superior del estante de la derecha.

Mariano.—Gracias. *(Va a salir.)*

Lázaro.—Un despiste muy natural. Lo tuyo no es la tienda [y no debe serlo.] ¿Cuándo se decide lo de Piñer? ¿No está tardando demasiado?

Mariano.—Puede que nos hayan eliminado a los dos.

Lázaro.—Si eso falla, buscaremos otra cosa.

Mariano.—*(Sarcástico.)* Sí... Asesor jurídico de las librerías Laberinto.

Lázaro.—[No, hombre. Algo mejor...] *(Mariano sale.)* Ese Piñer es un pelma. El chico se desanima. *(La música se interrumpe. Se repiten los últimos acordes y vuelve a cesar. Escuchan los dos. No se reanuda.* Lázaro *señala al interior de la casa.)* También Coral está desanimada.

Amparo.—El recital salió bien...

Lázaro.—Pero no hubo calor y ella lo notó. Menos mal que sigue practicando. *(Firma la última carta y* Amparo *le retira la carpeta.)*

Amparo.—¿Por qué quieres abrir la segunda librería? Vives bien...

Lázaro.—¿Y por qué no?

Amparo.—*(Mientras se sienta junto a la máquina para meter las cartas firmadas en sus sobres.)* ¿Por ambición de lucro? ¿Por temor?

Lázaro.—¿Temor? [¿A qué?]

Amparo.—*(Pegando sobres.)* A la inseguridad del mañana, [a arruinarte...] El dinero se deprecia.

Lázaro.—Puede que haya algo de eso. Pero también es un riesgo que merece correrse: el de crear un foco de cultura en un barrio popular. *(Ríe.)* Al principio será duro vender allí. Pero contigo todo va a ser fácil.

Amparo.—*(Cierra el último sobre.)* Lázaro, me obligas a repetirte lo que te dije el primer día...

Lázaro.—*(Con leve temblor en la voz.)* ¿Piensas dejarme?

Amparo.—Pienso... escribir.

Lázaro.—Nadie te lo impide. Y por ahora tienes que vivir de otra cosa.

Amparo.—Por eso estoy aquí. *(Lo mira fijamente.)* Pero sin temor. Fíjate si seré rarita. [Ni pretendo ganar fortunas ni le tengo miedo al mañana.] Lo que quiero es escribir..., aunque sea comiendo bocatas en mi cuartito.

Lázaro.—¡Organizaremos tu horario para que puedas hacerlo sin dejarme! *(Grave.)* Porque me haces mucha falta. *(Se miran. Ella se levanta.)*

Amparo.—Voy en un vuelo a la estafeta.

Lázaro.—Aún tendría que dictarte un par de cartas...

Amparo.—¡Si no tardo nada! Está ahí al lado.

Lázaro.—Me va a parecer un siglo.

Amparo.—*(Trivial.)* Zalamero... Saldré por la librería. *(Va hacia la salida. Entra por la izquierda* Doña Fina *con una bolsa de compras. Casi se tropiezan.)* Perdón... *(Se aparta* Amparo.*)*

Fina.—*(Seca.)* Buenos días.

Amparo.—Buenos días. *(Sale.* Doña Fina *va a cruzar.* Lázaro *se levanta, bebiendo de su taza.)*

Lázaro.—No entres por la librería, Fina. Te lo tengo dicho...

Fina.—¿Y por qué sale ella? *(*Lázaro *ríe abiertamente.)* ¡Está clarísimo que va a correos!

Lázaro.—Mujer, son actividades del negocio.

Fina.—¿Y las mías no están en el negocio?

Lázaro.—De otro modo.

Fina.—Ya. *(Reanuda la marcha.)*

Lázaro.—No seas gruñosa. Todo va bien... ¡Y hasta sale lo que dice tu baraja!

Fina.—*(Se para.)* ¿A qué te refieres?

Lázaro.—*(Vacila.)* Pues... ya ves. Tus cartas dijeron que se acercaba una mujer... y vino.

Fina.—Lo que han predicho mis cartas aún no ha salido. ¡Ya saldrá! *(Continúa su camino. Se inician los apagados timbrazos del teléfono.* Lázaro *se vuelve un poco hacia la mesa sin llegar a mirarla. Con expresión triste y abstraída, entra* Coral *por la derecha con su laúd.)* ¿Has aviado tu cuarto?

Coral.—¿Eh?... Sí. *(Entre tanto,* Lázaro *se oprime con disimulo un oído.)*

Fina.—*(A su hermano.)* A ti, conociéndote, no te pregunto si te has hecho la cama.

Lázaro.—Pues no lo preguntes.

Fina.—Vamos a la cocina, hija.

Coral.—Sí, mamá.

Lázaro.—¡No, mamá! ¿No ves que trae el laúd? Viene a tocar un poco para mí.

Coral.—Perdona, tío... Lo he traído sin darme cuenta.

Lázaro.—*(Ríe.)* ¿Como si se te hubiera pegado a las manos? Un síntoma buenísimo.

Coral.—*(Deja el laúd sobre una silla.)* Yo pensaba... atender un poco a los clientes.

Fina.—Tampoco es mala idea. Hay que ayudar al tío.

Lázaro.—¡Una idea pésima! Toca para mí esa gavota de Bach tan bonita.

Fina.—*(Sulfurada.)* ¡Toca, toca! Al fin y al cabo, para

hacer el almuerzo me basto yo sola. *(Sale aprisa por la derecha. El timbre sigue sonando.* Coral *va a cruzar.)*

Lázaro.—¿No has ido al Conservatorio?

Coral.—*(Se detiene.)* Me da corte...

Lázaro.—¿Por el recital? *(Va a sentarse junto al sofá.)*

Coral.—No sé... Estoy hecha un lío.

Lázaro.—Ven.

Coral.—Me pidió Mariano que le ayudara... A estas horas suele venir más gente. *(El timbre, ya amortiguado, calla.* Lázaro *se cerciora de ello y suspira, contento.)*

Lázaro.—¡Ven aquí! *(*Coral *titubea y se va acercando despacio.)* ¿A qué vienen esas murrias? Estuviste muy bien. *(Palmea sobre el sofá para que se siente allí.)*

Coral.—No. *(Se sienta.)*

Lázaro.—Lo han dicho dos críticas muy alentadoras.

Coral.—Con reparos.

Lázaro.—¡Qué menos, si estás empezando!

Coral.—Tengo compañeros que tocan el laúd, y la vihuela, y la guitarra, con más técnica... Con más vida. Y ni piensan en un recital.

Lázaro.—No habrán tenido facilidades para organizarlo.

Coral.—Yo sí las he tenido. Pero no sé si alegrarme.

Lázaro.—¿Me lo reprochas?

Coral.—¡No debí darlo! El caprichito de la niña presumida, a quien su tío le alquila el local. ¡Ha sido indigno... y ridículo!

Lázaro.—*(Sereno.)* Me apuesto la librería a que eso te lo han dicho en el Conservatorio.

Coral.—*(Turbada.)* ... ¿Y qué?

Lázaro.—Que la envidia siempre anda suelta y no debes hacer caso. El recital te ha servido para medirte, para afianzarte. Y tu insatisfacción es buena: te ayudará a perfeccionarte. *(Breve pausa.)*

Coral.—*(Triste.)* ¿Recuerdas que la víspera os dije que me iba al último ensayo con mi profesora?

Lázaro.—Sí.

Coral.—No era verdad. Me fui al banco del estanque. Con mi laúd.

Lázaro.—*(Asombrado.)* ¿A ensayar allí?

Coral.—No era un ensayo... No sé lo que fue. Yo estaba muy nerviosa, pero, nada más sentarme y ver sobre mis manos las luces del agua, me sentí tranquila. Segura. El recital ya no me importaba. Como siempre, apenas pasaba nadie. Algo raro debieron de ver en mi cara uno o dos que se detuvieron, porque se alejaron sin decir una palabra... Toqué como no he tocado en mi vida. Como si no estuviese tocando yo. *(Calla un momento.)* Al día siguiente el miedo me comía y toqué mucho peor.

Lázaro.—Ese miedo es el enemigo del artista... y puede ser su espuela.

Coral.—Nunca volveré a tocar como ante el estanque.

Lázaro.—Al contrario. Es la señal de que lo volverás a lograr. Llegarás a la prueba llena de nervios y, de pronto, el público será como otro estanque. Ya no te importará indagar de reojo en sus caras o en sus ruidos; tocarás para esas aguas a las que quieres regalar la mejor música... Y del laúd saldrá la mejor música. *(Entra* Mariano *por la izquierda.* Lázaro *lo ve.)*

Coral.—*(Con la vista baja.)* Sería mejor dejarlo.

Lázaro.—¿La música?

Coral.—Sí.

Lázaro.—¿Tú oyes, Mariano? *(Ella alza la vista y ve a su hermano.)* ¿Le has oído alguna vez mayor niñería?

Coral.—Por favor, no hablemos más de esto. Te sustituiré en la librería. *(Se levanta. Su tío la retiene por un brazo.)*

Mariano.—*(Además de que no se mueva.)* Está el muchacho. ¿No ha entrado Amparo por la otra puerta? Quería consultarle algo.

Lázaro.—Ya ves que no. Ven con nosotros. Y ayúdame. *(*Mariano *vacila.)*

Mariano.—¿A qué?

Lázaro.—Tú no vas a desmayar. *(*Mariano *se sienta con ellos.)* Convence a tu hermana de que tampoco debe desanimarse. *(Grave.)* No hagáis lo que yo hice.

Mariano.—¿Tú?

Lázaro.—¿Qué crees? También yo quise ser un abogado brillante... y abandoné la universidad sin terminar la carrera.

Mariano.—*(Conmovido.)* Te sacrificaste por nosotros.

Lázaro.—*(Duro.)* Nada de eso. Lo hice porque vi a licenciados más preparados que yo o que a mí me lo parecían, *(A* Coral.*)* como a ti te lo parecen algunos condiscípulos, que no conseguían ejercer su carrera. Y me entró tal miedo al fracaso —como a ti, Coral— que opté por algo más seguro: un negocio... Fui débil.

Coral.—¿Y qué ibas a hacer, muerta la abuela y con la carga de nosotros tres?

Lázaro.—No debí tenerle tanto pánico a la inseguridad. No lo tengáis vosotros. No claudiquéis como yo.

Mariano.—*(Bromea.)* ¿Ahora vas a resultar un fracasado?

Lázaro.—Más de lo que pensáis.

Coral.—*(Le tiembla la voz.)* Por nuestra culpa.

Lázaro.—No...

Coral.—¡Sí, tío, sí! *(Se arroja en sus brazos, sollozando.)*

Lázaro.– *(Dulce.)* Bueno, pues si lo crees así, razón de más para que no me falles. *(Se levanta y pasea.)* No dejarás la música. Te importa demasiado. Ahora sólo necesitas tenacidad y paciencia. Como tú, Mariano. Sigue estudiando y ten paciencia con Piñer. Cuanto menos piséis la librería, mejor.

Mariano.—*(Voz neutra.)* Sobre todo, desde que tienes a Amparo.

Lázaro.—*(Se le encara riendo.)* ¡Una adquisición sensacional, desde luego! *(Grave.)* Aunque quizá no me ayude mucho tiempo.

Mariano.—¿Por qué?

Lázaro.—Tampoco ella quiere dejar de escribir. Y yo lo comprendo.

Coral.—Puede hacerlo sin dejarnos...

Lázaro.—[Me pregunto si no tendrá ella razón al ponerlo en duda.] *(Les sonríe. Los sobrinos cambian una mirada. Lázaro se acerca a ellos.)* Preferiría que se quedase, claro. Además..., no sé si decirlo..., hay una curiosa coincidencia.

Coral.—¿Una de esas que no se explican bien?

Lázaro.—Puede ser. Uno de esos guiños que nos hacen las cosas. Y éste salta a la vista. [Aunque no a la vuestra...]

Coral.—¿Qué es?

Lázaro.—Lo noté desde que entró por esa puerta.

Mariano.—¿Te refieres a Amparo?

Lázaro.—Y a su parecido...

Coral.—*(Salta.)* ¿Con quién?

Lázaro.—*(Después de un momento.)* No sospechéis que me confundo. El parecido es evidente. *(Vuelven a mirarse los hermanos.)*

Coral.—¿Con Silvia?... (Lázaro *afirma con timidez.*) Nosotros no llegamos a conocerla.

Mariano.—*(Se levanta.)* ¡No creo que se parezcan!
Lázaro.—*(Desconcertado.)* Te aseguro que sí.
Mariano.—*(Terminante.)* Serán figuraciones tuyas. *(Breve pausa.)*
Lázaro.—*(Opta por no insistir.)* Bien. Dejémoslo. *(Da algunos pasos. Los observa de reojo.)*
Coral.—*(Tímida.)* Tío, ¿me dejas preguntarte algo? *(Lázaro no contesta ni se mueve. Ella cobra ánimos.)* ¿Oyes todavía... ese teléfono que te parece oír?
Lázaro.—*(La mira sobresaltado y reprime su turbación.)* Menos.
Coral.—*(Atreviéndose un poco más.)* ¿No le has hablado a Amparo de ese timbre?
Lázaro.—¿Cómo le iba a hablar de semejante tontería?
Coral.—*(De nuevo tímida.)* O ella a ti...
Mariano.—*(Para que no siga.)* Coral.
Lázaro.—¿Ella a mí? ¡Si no sabe nada! *(Los considera.)* A no ser que vosotros...
Coral.—*(Rápida.)* Podría haberse dado cuenta igual que nosotros.
Lázaro.—*(Resuelto.)* Vamos a dejar de hablar de eso definitivamente. [No tiene la menor importancia y] es una de tantas cosas que terminan por desaparecer.
Mariano.—Es lo que yo pienso.
Coral.—¿Se te está pasando de verdad, tío Lázaro?
Lázaro.—*(Seco.)* Claro que sí. *(Un silencio, interrumpido por el timbre del teléfono de la mesa. Lázaro se inmuta y no se mueve. Los hermanos vuelven a mirarse.)*
Mariano.—*(Señala al aparato.)* ¿Lo tomo yo?
Lázaro.—No. *(Va a la mesa y descuelga. Mariano se aparta.)* Librería El Laberinto. Dígame... Sí, aquí es. Un momento, por favor. *(Le tiende el auricular a Mariano.)* Es para ti. *(Baja la voz.)* Del bufete de Piñer. *(Ante la*

expectación del tío y de la hermana, MARIANO *corre a tomar el auricular.* LÁZARO *se sienta en su sillón de despacho sin dejar de mirarlo.)*

MARIANO.—¿Sí?... Soy yo... Le escucho... *(Larga pausa, durante la cual su fisonomía se ensombrece.)* Claro, me hago cargo... Gracias de todos modos. Salude al señor Piñer de mi parte... Gracias. Adiós. *(Cuelga.)*

CORAL.—*(Atribulada.)* ¿No?

MARIANO.—*(Amargo.)* No. Excusas amables, pero que me vaya con viento fresco.

LÁZARO.—¿Tampoco Germán?

MARIANO.—*(Nervioso.)* [¡No se me ocurrió preguntárselo! Pero] también lo habrán despachado, seguro. Era otro el favorito [y los dos lo sabíamos.] Un cobista del Centro de Juristas Liberales; un tipo que tiene de demócrata lo que yo de submarinista. El pelota supremo, le llamamos. *(Apesadumbrado, reflexiona por un segundo. De repente echa a anchar hacia la derecha.* CORAL *se levanta, acongojada.)*

LÁZARO.—Mariano, espera. Vamos a hablar.

MARIANO.—¿De qué?

LÁZARO.—De lo que se pueda hacer.

CORAL.—¡Eso! ¡Sí!

MARIANO.—*(Agrio.)* Ya no se puede hacer nada sin recomendaciones. *(Sale por la derecha.)*

LÁZARO.—Lo recomendé y no ha servido de nada. *(*CORAL *abre desmesuradamente los ojos.)* No os lo quise decir. No se lo digas tú.

CORAL.—No, tío.

[LÁZARO.—Le seguiré ayudando.

CORAL.—Claro, tío.]

LÁZARO.—Animo, Coral. No son más que contratiempos pasajeros.

Coral.—Pero mi hermano está hundido.

Lázaro.—Disgustado solamente.

Coral.—No es sólo por lo de Piñer... Todo le sale mal.

Lázaro.—¿Todo?

Coral.—*(Vacilante.)* Es que... No. Mejor me callo. *(Va hacia la izquierda.)*

Lázaro.—¿Qué es lo que te callas? *(Coral se detiene, turbada. Entra por la izquierda Amparo. Coral baja los ojos, se aparta y vuelve al centro.)*

Amparo.—¿No está Mariano?

Coral.—Se acaba de ir a la calle.

Amparo.—*(Va a la mesa y deja la cartera y su bolso. Los mira y sospecha.)* Me parece... que lo sabéis ya.

Lázaro.—¿Lo de Piñer?

Amparo.—Sí.

Lázaro.—Han telefoneado desde su despacho.

Amparo.—Una lástima. Pero no hay que desanimarse. Otra oportunidad vendrá.

Coral.—Y tú, ¿cómo lo has sabido?

Amparo.—Me he encontrado con Germán por aquí cerca. Vacilaba en entrar por no dar la mala noticia... Me lo ha pedido a mí.

Lázaro.—Les instalaré el despacho laboralista en que pensaban.

Amparo.—¿A los dos?

Lázaro.—Claro.

Amparo.—No, Lázaro... Germán sí ha sido aceptado por Piñer. También por eso le daba reparo entrar.

Lázaro.—¿Será posible? *(Con la cabeza baja, Coral va hacia la izquierda.)* ¿A dónde vas, Coral?

Coral.—A ayudar en la librería.

Lázaro.—*(Se levanta.)* ¡No! *(Va hacia ella.)* ¡Y no quiero caras largas! Recoge tu laúd. Si aún estás a tiempo, al

Conservatorio, y si no, a tu cuarto. A practicar. *(La lleva con dulzura hacia la derecha.)* Toca ahora un poco de Bach para nosotros. Te escucharemos desde aquí. Por favor... *(Toma el laúd y se lo entrega.)* Como si estuvieras ante el estanque. *(La empuja suavemente. Ella sale por la derecha. Él se vuelve hacia* AMPARO.*)*

AMPARO.—¿Me dictas esas cartas?

LÁZARO.—Ahora no. Perdona. Estos chicos... *(Va a sentarse al sofá. Ella va a la mesa y toca la tetera.)*

AMPARO.—El té ya está frío. ¿Te preparo otro?

LÁZARO.—*(Con sonrisa cómplice.)* No te lo aconsejo. Mi hermana está en la cocina.

AMPARO.—Ayudaré entonces un rato al muchacho. *(Va a irse.)*

LÁZARO.—*(Con recatada emoción.)* No te vayas. *(Ella lo mira y se acerca despacio mientras él habla.)* ¿Me contestarás con sinceridad a una pregunta?

AMPARO.—*(También emocionada, se sienta cerca de él y habla a media voz.)* Depende de la pregunta.

LÁZARO.—Hace días que quiero hacerte... dos preguntas. Hoy sólo te haré la primera.

AMPARO.—Tú dirás.

LÁZARO.—Me ha parecido notar que me observabas en ciertos momentos en que yo me abstraía. ¿Me equivoco?

AMPARO.—*(Opta por reír.)* No paramos de observarnos el uno al otro.

LÁZARO.—No eludas la cuestión. *(Se inclina hacia ella.)* Creo imposible que mis sobrinos no te hayan hablado de ello. ¿Te han dicho algo?

AMPARO.—¿De qué?

LÁZARO.—De una supuesta obsesión mía.

AMPARO.—*(Tarda algo en responder.)* El teléfono.

LÁZARO.—*(Se levanta riendo y pasea.)* ¡Lo sospechaba!

Coral se ha empeñado en que no estoy normal. Pero lo estoy. *(Se detiene.)* ¿O no lo crees tú así?

Amparo.—Lázaro, contigo no quiero fingir. Me han pedido... Coral me ha pedido que averigüe, si puedo, lo que te pasa. Te quiere de veras esa niña... Y confía en mí para ese tipo de pesquisas. Es una ingenua.

Lázaro.—No tan ingenua. Sólo que no hay nada que averiguar.

Amparo.—¿No?

Lázaro.—¿Tú también lo dudas? [Tranquilízate.] Esperaba una llamada y me parecía oírla. Eso es todo.

Amparo.—Sin embargo, si se repite a menudo...

Lázaro.—*(Pasea.)* [No me creas un despreocupado. Incluso consulté a un médico. Pero había que someterse a una serie de visitas sin la seguridad de resolver nada... No le di tanta importancia; no la tenía. *(Calla.)] Se va acercando.)* Amparo, si es una obsesión, se está desvaneciendo. *(Se sienta a su lado.)* Desde que tú entraste por aquella cortina, es muy raro que ese timbre suene. *(Se miran intensamente. Entra* Doña Fina *por la derecha y los observa con ojos adustos. Ellos se separan un tanto.)*

Fina.—*(Fría.)* Perdón. *(Cruza hacia la mesa de despacho y palpa la tetera.)* Está frío. Te haré otro.

Lázaro.—*(Con alguna impaciencia.)* No te molestes. *(*Doña Fina *lo mira sin contestar, recoge el servicio de té y vuelve a cruzar. Se detiene.)*

Fina.—Si me pudieses mandar a Coralito... Me vendría muy bien ahora en la cocina.

Lázaro.—*(Glacial.)* Lo siento. Creo que ha salido.

Amparo.—*(Amable.)* ¿Quiere que le ayude yo, doña Fina? Lo haría con mucho gusto.

Fina.—Gracias, señorita. Ya veo que no me lo iban a

perdonar: usted está en el negocio. *(Sale, ante el desconcierto de* Amparo.*)*

Lázaro.—No hagas caso. Le encantan las frases. *(Se queda mirando por un momento a la cortina. Se vuelve hacia* Amparo.*)* El timbre ya no suena, Amparo. Era como la voz de un fantasma que se está disolviendo en el aire... Tú lo has ahuyentado.

Amparo.—¿No te lo habré hecho más visible?

Lázaro.—¡Qué curioso! No comprendo por qué lo preguntas, pero es verdad. Porque te pareces algo a Silvia, aunque mis sobrinos lo duden.

Amparo.—*(Intrigada.)* ¿Me preguntaste por eso mi segundo apellido?

Lázaro.—Eres muy inteligente. Pensé por un momento si no podrías ser su hija...

Amparo.—No lo soy. Y también dudo de ese parecido.

Lázaro.—¡Poco me importa ya que te parezcas o no! *(Se inclina hacia ella.)* Es a ti a quien veo. Cada día. Cuando estás y cuando no estás.

Amparo.—¿Y si el timbre suena?

Lázaro.—Ya no sonará.

Amparo.—[¿Por qué no?] La verdadera llamada. Ella puede estar en la ciudad.

Lázaro.—Ilusiones mías... Se han apagado. Figúrate, después de tantos años... Amparo, he cumplido cuarenta y seis. ¡Pero aún me siento joven! *(Le toma tímidamente una mano.)* Tal vez me permitas... hacerte ahora mismo... mi segunda pregunta.

Amparo.—No. *(Se levanta y se aleja unos pasos.)*

Lázaro.—*(Se levanta y va a su lado para volverle a tomar la mano.)* Amparo, creo no equivocarme si pienso que tú también...

Amparo.—*(Turbada.)* Por favor. *(Se suelta y va hacia la mesa de despacho.)*

Lázaro.—No soy ningún engreído. Tú lo has dicho antes: nos observamos. La pregunta no es necesaria. Y la diferencia de edad, ¿qué puede importarnos?

Amparo.—*(Con el pecho agitado.)* A mí, nada.

Lázaro.—¿Entonces?

Amparo.—*(Se suelta y se apoya en la mesa.)* Tu sobrino me quiere aún.

Lázaro.—Lo sé y lo siento. [Le he dado todo lo que he podido.] Pero son muchos años los que te he esperado. Y a ti no te cederé. *(Se acerca.)* A Mariano se le pasará. Es un chico excelente y terminará por alegrarse... *(Le tiende los brazos, pero ella retrocede unos pasos hacia la izquierda.)*

Amparo.—Hemos sido amantes.

Lázaro.—*(Conmovido, procura hablar con calma.)* Luego ya no lo sois.

Amparo.—Hace tiempo que no lo somos.

Lázaro.—[Erais libres. Y ahora no le debes nada.] Hablaremos con él. Comprenderá.

Amparo.—*(Sin mirarlo y muy turbada, se separa hacia el primer término.)* ¿Qué pretendes?...

Lázaro.—Te pretendo a ti. Los dos juntos y para siempre.

Amparo.—*(Se vuelve súbitamente hacia él.)* ¿Para siempre? *(Ha sido una pregunta tensa, honda.)*

Lázaro.—Para intentar, una vez más, que sea para siempre. Los dos sabemos lo difícil que es. El mundo está lleno de parejas que, si no se separan, dudan cada día a sus solas si aquello que sintieron al comprometerse para siempre era verdadero. ¿No crees que tú y yo estaríamos a salvo de ese desengaño?

Amparo.—Hemos tenido otros desengaños.

Lázaro.—*(Se acerca.)* Sí. Experiencias que nos han hecho lo bastante maduros como para acariciar con toda confianza la ilusión que a tantos se les muere.

Amparo.—¿Qué ilusión?

Lázaro.—La de querernos y sostenernos el uno al otro hasta el fin de nuestros días. La de lograr la aventura [definitiva que todos quisieran vivir alguna vez. La aventura] interminable con una sola persona. La mayor aventura de la vida, que sólo es posible cuando se sabe lo imposible que es. *(Breve pausa.)* La pregunta está hecha, Amparo. Y yo sé la respuesta.

Amparo.—*(Trémula.)* Sin embargo, no te la daré todavía. Contéstame tú antes a una pregunta mía... ¿Cómo fue aquel incidente? *(Sorprendido, él la mira.)*

Lázaro.—*(Brusco.)* ¿Qué puede importar eso ahora?

Amparo.—¿No me lo quieres contar?

Lázaro.—Es una vieja historia.

Amparo.—*(Inquisitiva.)* ¿Vieja?

Lázaro.—*(De mala gana.)* A Silvia se la llevaron sus padres después de la paliza y ya no la vi más.

Amparo.—¿Cómo eran los agresores? *(Dos muchachos, con cazadoras oscuras y bates de béisbol en sus manos, asoman por el primer término derecho y se apostan allí, sin que* Lázaro *lo acuse en lo más mínimo. Sobre sus rostros, brillantes máscaras infantiles, blancas y sonrientes, poco visibles aún en la penumbra gris del lateral. La trastienda se oscurece rápidamente. A la vez, el primer término se va iluminando a ráfagas con la rara claridad del recuerdo. El banco permanece en penumbra.)*

Lázaro.—Se me han borrado sus caras... Dos fanáticos, dispuestos a aporrear a los estudiantes que se atrevían a manifestarse por la libertad... [Las imágenes son vigorosas, pero imprecisas...] Después de los días que pasé en cama con fiebre noté, ya entonces, que había perdido mucha memoria.

Amparo.—Pero te sigues acordando. *(Se aparta hacia el primer término izquierdo y queda vivamente iluminada.)*

Lázaro.—A veces. *(Sonríe.)* Sólo que, al recordarlo últimamente, ¡fíjate, lo que hace un parecido!, es a ti a quien veo en el pasado, conmigo. Silvia eres tú.

Amparo.—¿Cómo sucedió? *(La luz abandona totalmente la habitación.* Amparo *mira hacia la derecha.* Lázaro *se levanta y se va acercando a ella.)*

Lázaro.—*(Todavía en la sombra.)* La manifestación había terminado y nos dispersábamos... En calles al parecer tranquilas nos despedimos ella y yo; por allí no había ni un alma y los dos teníamos prisa por volver a nuestras casas. *(La luz crece sobre los dos enmascarados.)* Hasta que oí su voz. *(Transfigurada en* Silvia, Amparo *cruza hacia la derecha. De pronto, los dos agresores avanzan e irrumpen en el primer término iluminado.* Amparo *se detiene al ver su actitud amenazante. La escena cobra una leve lentitud de pesadilla, apenas perceptible. Ella intenta retroceder, pero los enmascarados le cortan la retirada, se abalanzan y la golpean sañudamente. Malherida, lanza ella su grito de llamada.)*

Amparo.—¡Lázaro!... *(*Lázaro *irrumpe en la luz, ve el apaleamiento y corre hacia ellos.)*

Lázaro.—*(Grita mientras avanza.)* ¡Canallas!... ¡Monstruos!... *(Golpea a las dos figuras con sus puños. Lo apalean también. Ella ha caído al suelo.)* ¡Socorro!... *(*Lázaro *cae bajo los estacazos. Los enmascarados huyen por la derecha. El se arrastra y alza la cabeza de ella.)* ¡Auxilio!... *(Se oscurece el primer término. La luz vuelve a la trastienda. Como siluetas aún evocadas, se levantan los dos suavemente del suelo.* Amparo *va despacio hacia la mesa y entra en la* luz. *Él retorna al sitio, cercano al sofá, desde donde empezó a acercarse a ella, y queda de nuevo iluminado.)* Pude parar un taxi... La dejé donde vivía. Silvia se quejaba, pero se negó en redondo a que yo subiese con ella la escalera. [Vi que podía hacerlo sola...] Mareado y casi inconsciente, volví yo a mi casa. *(Un silencio.)*

Amparo.—¿No fuisteis a la Casa de Socorro?

Lázaro.—Estábamos más cerca de su domicilio. Y ni ella ni yo queríamos el lío de una denuncia inútil... Cuando al fin mejoré, intenté llamarla, pero me colgaron el teléfono. Y después, ni eso. Ya se habían mudado, o marchado.

Amparo.—El miedo.

Lázaro.—Sí. El gran miedo de entonces.

Amparo.—*(Lo está mirando intensamente.)* Y no la has vuelto a ver. *(Él deniega en silencio.)* Y de pronto, alguien te dijo que creía haberla visto y el teléfono empieza a sonar... dentro de ti.

Lázaro.—*(Sonríe y va hacia ella).* Tú lo has hecho callar.

Amparo.—*(Se apoya en el respaldo del sillón.)* Como si fuera ella. *(Con melancólica sonrisa,* Lázaro *va a su lado.)*

Lázaro.—Era tan inteligente y bonita como tú. *(Se sienta en su sillón.)* Activa, luchadora, abnegada...

Amparo.—*(Suave.)* ¿Y si os encontráis un día?

Lázaro.—*(Inquieto.)* Recordaremos juntos... Nos preguntaremos cosas. *(Pausa.)*

Amparo.—¿Qué cosas? *(*Lázaro *no contesta. Su semblante se nubla.)* ¿Qué le preguntarías tú, Lázaro? *(Vuelve el silencio.)*

Lázaro.—No lo que estás pensando.

Amparo.—No pienso nada. ¿No quieres decirme lo que le preguntarías?

Lázaro.—*(Mirándola con ojos medrosos, articula con*

esfuerzo.) Sí... ¡Sí quiero decírtelo! A ti no debo ni quiero ocultarte nada. *(Titubea.)*

Amparo.—*(Muy quedo.)* ¿Qué le preguntarías?

Lázaro.—Aún debes saber algo... extrañísimo. *(El apagado timbre del teléfono empieza a sonar. Se nota que* Lázaro *quisiera no oírlo. Intenta proseguir.)* Extrañísimo. Y, sin embargo, es verdad... Te lo juro. *(El sonido que oye le está alterando demasiado. Se le pierde la mirada. Ello lo observa, muy atenta. Él apoya los codos en la mesa y se tapa las orejas con las palmas de las manos, pero los timbrazos siguen sonando. Solícita, va ella a su izquierda y se inclina para verle mejor.)*

Amparo.—¿Te sientes mal?

Lázaro.—No es nada... Pasará.

Amparo.—*(Entristecida, va al primer término izquierdo.)* Vuelves a oírlo.

Lázaro.—*(La mira, desvalido.)* Pasará... *(*Doña Fina *aparece por la derecha. Trae una bandeja con la tetera y una taza. No deja de advertir, suspicaz, la tensión entre los dos. Cuando* Lázaro *la ve entrar, el timbre cesa repentinamente.* Amparo *y él recomponen, en lo posible, su aire normal.* Doña Fina *llega al sofá y deja sobre la mesita del centro el servicio del té.* Lázaro, *con la voz velada.)* Gracias.

Fina.—De nada. *(Vuelve sobre sus pasos, los mira antes de salir. Sale.* Lázaro *se levanta aprisa y va a la derecha para cerciorarse de que su hermana se ha alejado. En la penumbra del primer término, las siluetas de los dos enmascarados reaparecen y acechan desde el lateral derecho.)*

Amparo.—¿Lo estás oyendo?

Lázaro.—*(Se vuelve hacia ella, sombrío.)* Ya no.

Amparo.—Pero ha vuelto.

Lázaro.—*(Asiente.)* Ha vuelto.

Amparo.—¿Qué me ibas decir?

Lázaro.—*(Va hacia ella)* Tú debes saberlo. Debes saberlo todo de mí. La versión que te he dado de aquel incidente puede ser cierta... y puede no serlo.

Amparo.—No entiendo.

Lázaro.—No es que yo la modifique a sabiendas. Es que recuerdo aquello... de dos maneras diferentes.

Amparo.—*(Asombrada.)* ¿Cómo?

Lázaro.—¡No intento engañarte! [Ya te he dicho lo extraño que era.] ¡Me engaño a mí mismo, pero no sé cuál es el engaño! Después de aquel horror, cuando me levanté de la cama y empecé a recobrar algo de memoria, me pareció que recordaba... dos escenas distintas.

Amparo.—¿A la vez?

Lázaro.—A veces, una; otras veces, la otra. ¡Pero las dos eran iguales de vívidas! *(Nervioso, se apoya en la mesa.)* Y desde entonces, nunca, ¡nunca!, he logrado saber cuál fue la verdadera. Dirás que estoy enfermo y tendrás razón. El timbre, el doble recuerdo... Un caso grave, ¿eh? Pero a saber qué es estar enfermo... Y mi cabeza rige bien; sólo mi memoria está dañada. Se estropeó entonces. Y me juega a menudo malas pasadas: confundo nombres, olvido citas, libros recién leídos... Seguro que lo has notado. *(Ella asiente en silencio.)* Por la conmoción cerebral, o por la fiebre, algo debió de morirse aquí dentro. *(Se toca la cabeza.)*

Amparo.—¿Cuál es el otro recuerdo?

Lázaro.—*(Sonríe.)* Tienes razón. Hablo y hablo para retrasar la vergüenza de contártelo. *(Se va oscureciendo la escena mientras vuelven a crecer las ráfagas de luz en el primer término.)* ¿Te he dicho que ella y yo nos despedimos para volver aprisa a nuestras casas?... Sí. Te lo he dicho. Nos despedimos y no tardé en oír su llamada. *(Con el ritmo anterior,* Amparo *entra en la luz del primer término izquier-*

do y avanza hacia la derecha. Cerca de los enmascarados se detiene, al ver su actitud amenazante. Va a retroceder, pero ellos le impiden la retirada y la apalean. Lanza ella su grito.)

AMPARO.—¡Lázaro!... (LÁZARO *irrumpe en la luz por la izquierda y ve la agresión. Va a dar un paso hacia el grupo, pero se arrepiente. Más bien retrocede, como si se guareciese tras una esquina. Sobrecogido y paralizado por el pánico, observa cómo ella cae bajo los golpes.)*

LÁZARO.—*(Sin moverse y mientras se retuerce las manos, murmura.)* Canallas... Monstruos... *(Uno de los enmascarados va a asestar un garrotazo definitivo a la mujer caída, pero el otro lo contiene, deniega y los dos huyen por la derecha.* LÁZARO *llega al lado de ella, se arrodilla, la incorpora y la oprime entre sus brazos. Con los ojos cerrados, ella respira mal.)* Silvia... ¡Silvia! *(La deposita en el suelo, se levanta y corre hacia la izquierda con la mano alzada.)* ¡Taxi!... ¡Taxi! *(Se oscurece el primer término y vuelve la luz a la estancia.* LÁZARO *llega hasta su mesa, se apoya en ella y mira con tristeza a* AMPARO, *que se está levantando. De pie su silueta, se advierte que ella lo mira también fijamente. De pronto,* AMPARO *vuelve a la luz, corre y se echa en sus brazos.)*

AMPARO.—¡Lázaro! ¡Pobre de ti!

LÁZARO.—*(Que corresponde tibiamente al abrazo.)* Quizá no has entendido. *(Ella alza su rostro y lo mira, muy conmovida.)* Tú crees que el recuerdo auténtico es el que acabo de contarte. *(La separa suavemente. Ella retroce unos pasos, pendiente de sus palabras. Llegan las notas de la gavota perteneciente a la «suite en mi bemol mayor», para laúd, de Bach. Con melancólica sonrisa, mira él hacia la derecha.)* Coral toca al fin para nosotros.

AMPARO.—Toca para ti.

LÁZARO.—Vuelve a animarse. Saldrá adelante. ¿Y nosotros? ¿Saldremos adelante? ¿Crees realmente que el relato de mi cobardía es el verdadero?

Amparo.—*(Con la voz velada.)* ¿Qué crees tú?

Lázaro.—No creo nada. No lo sé. ¡No lo sé! *(Breve pausa.)* No es tan fácil, Amparo. No es tan fácil. *(Su mirada se pierde en el vacío.)*

Amparo.—Y sólo Silvia podría revelarte cuál es el verdadero.

Lázaro.—Sólo ella.

Amparo.—*(Mira a su vez al vacío. Su voz es firme.)* Tienes razón. No es tan fácil. *(Escuchan la música.)*

Telón

PARTE SEGUNDA

(Se oye, en el laúd, la fuga de la primera pieza de Bach citada. La luz saca de la penumbra a Coral, *que toca, sentada en el sofá. Entra* Lázaro *por la derecha, la observa y escucha. Avanza en silencio y, tras ella, le oprime cariñosamente un hombro. Ella se inmuta, pero sigue tocando.* Lázaro *continúa hasta la mesa mientras ella lo mira con devota ansiedad.* Lázaro *toma un libro de la mesa y, recostado en su borde, lo examina satisfecho.* Coral *deja de tocar. Él alza la vista.)*

Lázaro.—Me gusta esa fuga... No es muy rápida y tiene melancolía. ¿No sigues?
Coral.—Ya no. *(Se levanta y deja el laúd en una silla. Se ha ido iluminando al tiempo el cuarto de* Amparo, *que bebe de un vaso a sorbitos y fuma, sentada en su cama. Sentado junto a la mesita,* Germán *hojea un libro idéntico al que* Lázaro *tiene en sus manos.)*
Germán.—No te quejarás. Una edición muy bonita.
Coral.—Qué preciosidad de libro, tío Lázaro. ¿Vendrá mucha gente?
Lázaro.—*(Gesto de incertidumbre.)* Las invitaciones eran numerosas.
Coral.—¿De qué vas a hablar tú?
Lázaro.—De la inauguración de mis ediciones.
Germán.—Supongo que hablarás.

Amparo.—Según la convocatoria, Lázaro, el crítico y yo al final.

Coral.—*(Se acerca a su tío.)* Los canapés y las bebidas ya están preparados. Tú no te preocupes por nada.

Lázaro.—*(Sonríe.)* No me preocupo.

Coral.—Pues lo parece.

Lázaro.—No inventes.

Coral.—Te lo noto. *(Va a un sillón contiguo al sofá y se sienta.)*

Germán.—¿Nerviosa?

Amparo.—No. Y no lo entiendo.

Germán.—No presumas. Yo te veo nerviosa.

Amparo.—Quizá por otras cosas.

Germán.—¿Cuáles?

Amparo.—Cosas mías. *(Callan. Él vuelve a hojear el libro.)*

Lázaro.—Llama a tu hermano, ¿quieres?

Coral.—Ha salido.

Lázaro.—¿A dónde?

Coral.—A casa de Amparo. Pero volverá a tiempo. Quizá vengan juntos.

Lázaro.—*(Suelta el libro sobre la mesa.)* Voy a la tienda. *(Entra por la derecha* Doña Fina, *con una bandeja llena de vasos.)* ¿A dónde vas con eso?

Fina.—A la librería.

Lázaro.—¡Si aún faltan cuatro horas!

Coral.—*(Se levanta y va junto a su madre.)* Claro, mamá.

Fina.—¡No sabe una cómo acertar! *(A* Coral, *que intenta tomarle su carga.)* ¡Deja!

Coral.—¡Trae! *(Le quita la bandeja y va hacia la derecha.)*

Fina.—*(A su hermano, humilde.)* ¿Te hago un té?

Lázaro.—Gracias. No quiero ahora.

Fina.—*(Irritada y con los ojos húmedos.)* O sea que yo, mano sobre mano. ¡Pues así me estaré! No esperes que aparezca en la presentación.

Lázaro.—*(Sorprendido y con sequedad.)* Nadie te obliga.

Fina.—Quedaos con vuestro librito... y vuestra autora. *(Sale, muy digna, por donde entró.)*

Coral.—*(Le guiña un ojo a su tío.)* Yo le pediré que no falte. *(Inicia la marcha.)*

Amparo.—¿Qué le vas a explicar a Mariano?

Germán.—*(Se encoge de hombros.)* ¡Y yo qué sé! Piñer me ha elegido porque soy mejor que él, pero no voy a decírselo así.

Lázaro.—*(A* Coral, *que va a salir.)* ¿Sabes si vendrá Germán?

Coral.—Se le mandó invitación.

Lázaro.—¿Tú no lo has visto?

Coral.—Desde que supimos lo de Piñer no ha aparecido. *(Sale por la derecha con la bandeja.* Lázaro *suspira y sale por la izquierda para ir a la librería, mientras* Amparo *y* Germán *vuelven a hablar. La luz se amortigua en la trastienda.)*

Amparo.—¿Has empezado a trabajar con Piñer?

Germán.—La semana que viene.

Amparo.—Tal vez tengas que resignarte, desde ahora, a exigencias incompatibles con tus ideas...

Germán.—*(Ríe.)* ¡Naturalmente! Pero sin resignarme. Seré un caballo de Troya. *(Breve pausa.)* Como tú.

Amparo.—Yo no he sido ningún caballo de Troya. Me echaron de la oficina porque no tragaba ciertas cosas.

Germán.—Por supuesto, hay que mantener una conducta digna y coherente, pero no es incompatible con introducirnos en el campo enemigo y minarlo.

Amparo.—¿«Cándidos como palomas y astutos como serpientes»?

Germán.—Sí. Ese precepto evangélico también es nuestro. Como que lo inventó un gran revolucionario.

Amparo.—Supongo que entrarás también, un día de éstos, en el Centro de Juristas Liberales.

Germán.—*(Con una mirada inquisitiva.)* Te digo lo mismo. Hay que penetrar en todos lados.

Amparo.—Antes no te gustaba.

Germán.—Y no me gusta. Pero Piñer me lo ha sugerido y me parece lo más eficaz darme de alta. Una vez dentro, ya verás cómo le doy la vuelta a esa asociación a poco que pueda.

Amparo.—No es tan sencillo.

Germán.—Tú dame tiempo. *(Vuelve a hojear el libro y sonríe).* Si pudiera convencerte, también le daría un poco la vuelta a tu literatura.

Amparo.—*(Asombrada.)* ¿Sí?

Germán.—*(Se levanta, con un dedo entre las páginas.)* Tú escribes admirablemente, Amparo. *(Pasea.)* Pero ¿no te recreas demasiado en los aspectos intimistas y subjetivos?

Amparo.—¿Y por qué no?

[Germán.—Son tan insignificantes ante las tremendas realidades del mundo...

Amparo.—¿Insignificantes?]

Germán.—Quiero decir que la literatura no contribuirá a un cambio social positivo si se empantana en conflictos individuales.

Amparo.—La literatura puede muy poco siempre. [Por lo menos, a la corta.] Pero en esa literatura que tú llamarías individualista hay también obras, con una sociedad criticable al fondo, que quizá logren más de lo que pensamos.

GERMÁN.—*(Reprueba.)* [¡«Quizá»! ¡«Quizá»!] Mira, Amparo: o una inequívoca literatura de denuncia, o la transgresión estética.

AMPARO.—¡Qué decepción! Creí que también la intentaba.

GERMÁN.—Muy moderadamente. [Y los términos medios no son aconsejables]. Si te atrevieses a saltar las barreras, conseguirías páginas más revulsivas que esos laberintos de la conciencia en que nos metes.

AMPARO.—¡Vaya! Pues te agradezco mucho una crítica tan radical, sobre todo en un día como éste.

GERMÁN.—No he querido molestarte. Perdona.

AMPARO.—¡Al contrario! Agradecidísima. Pero ¡qué coincidencia! ¿Has dicho laberintos?

GERMÁN.—*(Exhibe el libro.)* Lo dice aquí y resulta que le va muy bien a lo que escribes. «Ediciones Laberinto». Pero en los laberintos hay que entrar para salir de ellos, Amparo. No hay que perderse en los que no conducen a ninguna parte.

AMPARO.—¿Te refieres a la librería?

GERMÁN.—*(Riendo.)* ¿Tú qué crees?

AMPARO.—¿Tampoco va a ninguna parte?

GERMÁN.—Sólo si la lucha está detrás.

AMPARO.—A su modo, también está detras de la librería.

GERMÁN.—Con muy poca coherencia, Amparo. *(Se acerca, íntimo.)* Bastante menos que la nuestra, si luchásemos tú y yo juntos.

AMPARO.—*(Reprime su hilaridad.)* Menos en la cama, no hay inconveniente.

Germán.—*(Se aleja.)* Bien. *(Tira el libro sobre la mesita.)* No desespero.

Amparo.—*(Muy divertida, imita el sonido de un teléfono.)* Riiin... Riiin... Riiin...

Germán.—*(Desconcertado.)* ¿A qué viene eso?

Amparo.—Intento meterte en tu propio laberinto. ¡Para que salgas de él, naturalmente!

Germán.—*(Agrio.)* ¡No me vengas con las sandeces de Lázaro! Yo no oigo timbres ni estoy en ningún atolladero. *(Confidencial.)* Habíamos quedado en que era a él a quien teníamos que ayudar a salir del suyo, ¿no?

Amparo.—Desde luego.

Germán.—*(Misterioso.)* Pues yo, [que no tengo nieblas en la cabeza, lo voy a conseguir.] He querido veros antes del acto porque ya tengo la solución.

Amparo.—*(Lo mira fijamente.)* Qué bien. Riiin... Riiin...

Germán.—¡Te estoy hablando en serio! *(Casi al mismo tiempo suenan dos o tres timbrazos.* Germán *se vuelve hacia el fondo, sorprendido.* Amparo *se levanta, va hacia la puerta y se vuelve.)*

Amparo.—Otra coincidencia. ¡Qué interesantes son a veces! ¿Encajan en tu cabeza sin nieblas mentales?

Germán.—*(Frío.)* No desbarres. Será Mariano.

Amparo.—Claro que será Mariano. *(Sale.* Germán *recoge el libro de* Amparo, *repasa el pie de la portada, lo vuelve a dejar. Seguida de* Mariano, *entra* Amparo. *Los dos hombres se miran, indecisos.)*

Mariano.—*(Avanza.)* Enhorabuena, Germán. *(Lo abraza.)* Tú sabes que me alegro de veras.

Germán.—Gracias, Mariano. Yo dudaba en ir a verte... por si estabas disgustado.

Mariano.—*(Deshace el abrazo.)* No contigo. *(Ríe.)* ¡Y

más vale que te hayan admitido a ti antes que al pelota supremo!

GERMÁN.—*(Ríe, expansivo.)* ¿Te lo imaginas pataleando de rabia?

MARIANO.—¡Y la baba que andará soltando porque haya entrado un auténtico demócrata!

AMPARO.—¿Algo de beber?

MARIANO.—No, gracias.

GERMÁN.—¿No viene Coral?

MARIANO.—Se ha quedado allí para disponerlo todo. *(A* AMPARO.*)* ¿Nerviosa?

AMPARO.—Sólo pensando en lo que diré y en lo que no diré.

MARIANO.—¿Nos vamos [los tres] a dar un paseo hasta la hora de la presentación? Así te relajas...

AMPARO.—Creo que Germán quiere decirnos algo.

MARIANO.—En un café y ante unas cervezas. ¿Hace?

GERMÁN.—Quizá mejor aquí. Se trata del famoso timbre de tu famoso tío.

MARIANO.—¿Del timbre? *(*AMPARO *vuelve a sentarse.* GERMÁN *se sienta junto a la mesita.* MARIANO *los imita poco después.)*

GERMÁN.—De su interés por recibir una llamada de aquella señorita. Creo que, por lo menos, esa obsesión de los timbrazos desaparecerá. *(Breve pausa.)* Ella está muerta. *(Se miran* AMPARO *y* MARIANO.*)*

MARIANO.—*(Consternado.)* ¿Qué dices?

AMPARO.—¿Cómo lo sabes?

GERMÁN.—¡Si era sencillísimo! Hace muchos años que toda la familia se ha esfumado. *(A* MARIANO.*)* Antes de iniciar otras pesquisas, ¿qué es lo primero que habrías hecho tú?

MARIANO.—*(Titubea.)* Pues...

Germán.—*(Ríe, benévolo y superior.)* Silvia Marín Zamora. Un abogado necesita comprobar su paradero. Por lo pronto, se persona en el Registro Civil para cierto posible certificado. Y obtiene un papelito... *(Saca del bolsillo un papel, que desdobla.)* en el que se acredita que Silvia Marín Zamora dejó de existir en la fecha que se indica. *(Baja el tono.)* Cercana, creo, a la de aquel incidente. *(*Mariano *se levanta, arrebata el certificado a* Germán *y lo lee, sobrecogido. Alza la vista y mira a* Amparo.*)*

Amparo.—*(Espantada.)* Moriría de los golpes...

Germán.—Lo más probable. Aunque el certificado, como era de prever, no lo dice así. *(Pausa.)*

Mariano.—Soy un imbécil.

Germán.—No. Es que el asunto no te afectaba tanto como a tu tío.

Mariano.—¡Todo lo de mi tío me afecta!

Germán.—Tal vez no se te ocurrió esa gestión porque, sin darte cuenta, preferías mantener su ilusión de volverla a ver.

Mariano.—¡No se me ocurrió porque soy un imbécil! Piñer sabía lo que se hacía. *(Le devuelve el papel.)*

Amparo.—Cualquiera puede tener un descuido...

Mariano.—Pude averiguarlo y ocultárselo. ¡Qué idiota he sido! *(Desanimado, se sienta y enciende un cigarrillo.)*

Amparo.—*(Suspira.)* Bien. Ya hemos aclarado el caso. ¿Qué vamos a hacer ahora?

Germán.—Decírselo.

Mariano.—*(Dudoso.)* Habría que hablar con Coral...

Germán.—Y hablaremos con ella. Pero a él hay que informarle, y cuanto antes. Para que calle ese timbre que oye y para devolverle a la verdadera vida. ¿Nos vamos a la calle?

Mariano.—Podríamos hacerle daño. Él es feliz así.

GERMÁN.—*(Vuelve a sentarse.)* ¿Feliz oyendo timbrazos? ¿Y si llega un día en que no lo puede soportar? ¡La verdad siempre, Mariano! Y de nada sirve esperar, si de todos modos ha de saberlo. Esperar y esperar es lo que nos hunde. ¡Hay que actuar! ¿No te parece, Amparo?

AMPARO.—*(Pensativa.)* Tal vez... Pero el problema de Lázaro no es tan fácil.

GERMÁN.—¿Por qué no?

AMPARO.—[Desde luego] habrá que decírselo. [Y pronto.] Sin embargo...

GERMÁN.—¿Qué?

AMPARO.—Ya hablaremos de esto.

GERMÁN.—Así que seguiremos esperando. ¡Los esperadores! ¡Qué plaga!

AMPARO.—*(Molesta.)* ¡Hablaremos mañana!

GERMÁN.—*(Duro.)* Por supuesto. Con la presentación del libro, hoy hay que dejar en reserva todo los demás.

AMPARO.—¡Se lo diremos y pronto! Pero déjame pensar.

GERMÁN.—Bien. *(Se levanta.)* Ya que no salimos a tomar unas cervezas, me la tomaré aquí... mientras seguís esperando. *(Sale por el fondo. Un silencio, en el que suena de pronto el apagado e insistente sonido del timbre que oye* LÁZARO.*)*

MARIANO.—*(Tímido.)* ¿Estás segura de que conviene informarle a mi tío?

AMPARO.—Habrá que hacerlo. *(El timbre sigue sonando.* LÁZARO *vuelve presuroso a la trastienda desde la librería y corre a la mesa. El timbre deja de sonar. Hay decepción y angustia en el rostro de* LÁZARO.*)*

LAZARO *(Para sí.)* No era éste.

MARIANO.— *(Incisivo)* Tienes tú algún interés especial en decírselo?

Amparo.—*(Con frialdad.)* ¿Qué quieres dar a entender? *(Entre tanto, Lázaro se abalanza a tomar el teléfono y empieza a marcar.)*

Mariano.—Nada.

Amparo.—*(Dura.)* ¿Nada? *(Lázaro termina de marcar y empieza a sonar el teléfono de la habitación de Amparo.*

Amparo.—*(Descuelga.)* Diga.

Lázaro.—Soy Lázaro. Como aún tenemos tiempo, me gustaría verte. ¿Puedes? *(Germán reaparece con un vaso en la mano y, recostado en el quicio de la puerta, los observa.)*

Amparo.—¿Tanto te urge?

Lázaro.—En el banco del parque podríamos hablar tranquilos.

Amparo.—¿Ahora?

Lázaro.—Si te es posible...

Amparo.—*(Lo piensa.)* Está bien. Voy para allá. *(Cuelga. Lázaro cuelga a su vez y sale por la derecha. La habitación se oscurece.)*

Mariano.—¿A dónde vas?

Amparo.—Es algo personal. *(Se levanta.)* Vámonos.

Germán.—*(Deja el vaso sobre la mesita.)* ¿Te acompañamos?

Amparo.—[Me vais a perdonar...] Esperadme en la librería. Yo tengo que ver antes a alguien.

Mariano.—*(Se levanta.)* ¿A quién?

Amparo.—A un amigo. *(Va al fondo y sale. Los dos hombres se miran y salen tras ella. El cuarto se oscurece. El banco del primer término se ilumina despacio; los luminosos reflejos del agua lo invaden. Muy remoto, se oye la gavota de Bach. Pausa, tras la que aparece por la derecha del primer término Lázaro y se sienta, caviloso, en el banco. En la librería sube algo la luz al tiempo que Coral, con expresión melancólica, entra tocando su laúd y se sienta en el sofá,*

donde sigue desgranando desmayadamente la gavota.
Lázaro *no deja de mirar a la izquierda con ansiedad.*
Amparo *entra por la izquierda del primer término, se detiene, lo mira y avanza.)*
Lázaro.—Gracias por venir.
Amparo.—*(Sonríe.)* Es que me has picado la curiosidad. [¿Pasa algo?]
Lázaro.—*(Le hace sitio a su lado.)* Siéntate. *(*Amparo *se sienta.* Lázaro *extiende sus brazos sobre el respaldo y mira al frente, como si quisiera dejarse penetrar por el húmedo misterio de las luces que los acarician. Al fin, habla.)* Amparo, he ayudado a mis sobrinos como si fueran mis hijos...
Amparo.—Y a mí también. Tú siempre ayudas...
Lázaro.—*(Le oprime una mano.)* A ti, como si fueras mi mujer. ¿Quieres serlo?
Amparo *(Ríe, un tanto nerviosa.)* ¡Qué escopetazo!
Lázaro.—No, porque lo esperabas. *(Ella va a hablar.)* ¡Déjame seguir! Creo que, si tú sientes por mí sólo la mitad de lo que yo siento por ti, el éxito de nuestra unión es seguro.
Amparo.—La mitad, el doble... ¿Qué sabes tú? ¿Y qué sé yo? Los sentimientos no se miden.
Lázaro.—Ni falta que hace. ¿Quieres contestar a mi pregunta?
Amparo.—*(Con amable burla.)* Ya me la hiciste. ¿Has elegido este rincón para que el encuentro resulte más romántico?
Lázaro.—Este rincón lo descubrió Silvia. [Desde entonces es mi rincón.] Y ahora también es el tuyo. El sitio donde la verdad nos lanza sus guiños.
Amparo.—¿Por qué me pides hoy precisamente que sea tu mujer?

Lázaro.—Para unirlo a la presentación de tu libro. Dos alegrías en una sola.

Amparo.—O sea, que te sientes feliz.

Lázaro.—Aquí, sí. ¿Tú no?

Amparo.—Es posible. Pero ¿qué pasará más adelante? *(Breve pausa.)*

Lázaro.—*(Se entristece.)* Ya has contestado a mi pregunta. *(Desvía el cuerpo y se apoya sobre las rodillas.* Doña Fina *entra en la trastienda por la derecha y va a sentarse junto a su hija.* Coral *interrumpe su música.)*

Coral.—¿Todo dispuesto?

Fina.—Sigue tocando. Puede que la música me ayude con las cartas. No son incompatibles. *(Saca las cartas del estuche y empieza a barajar.)* Hoy van a ser para ti.

Coral.—¿Otra vez?

Fina.—*(Sonríe.)* Anda, corta. *(*Coral *lo hace a desgana. Su madre va disponiendo naipes sobre la mesa.* Coral *reanuda su música.)*

Amparo.—*(Dulce.)* Lázaro...

Lázaro.—*(Reacciona.)* ¡No me resigno! ¡Te convenceré! ¡Te ganaré! *(*Amparo *menea la cabeza, apenada.)*

Fina.—*(Mientras considera sus naipes.)* Ahora que estamos solas, te diré algo que creo firmemente. ¡Pero no se lo digas a tu tío!

Coral.—*(Ha interrumpido su música.)* ¿El qué?

Fina.—*(Confidencial.)* Yo creo que Silvia... murió hace muchos años.

Coral.—*(Deja el laúd a un lado.)* ¡Sería una lástima! *(*Fina *le lanza una aguda mirada y vuelve a estudiar sus naipes.)*

Amparo.—*(Que no ha dejado de mirar a* Lázaro, *habla lentamente.)* Tú no crees que Silvia haya podido morir, ¿verdad?

LÁZARO.—Lo sentiría. Pero es a ti a quien quiero. *(Le toma las manos.)*

AMPARO.—¿Estás seguro?

FINA.—Pero si Lázaro llegase a creer que había muerto, podría darle la ventolera de casarse...

LÁZARO.—*(Retira sus manos de las de ella.)* ¿Lo dices por ese doble recuerdo que no logro aclarar?... *(*AMPARO *no contesta.)*

FINA.—Con Amparo. Se nota a la legua que le gusta... Y, aunque sea tan amiga vuestra, a mí no me gusta nada. Es una intrigante.

CORAL.—¡No es verdad! *(*DOÑA FINA *emite un irónico gruñido y sigue con sus cartas.* CORAL *se levanta.)*

LÁZARO.—Amparo, ese doble recuerdo ya no me perturba. Sé que lo dejaré atrás si tú me ayudas.

AMPARO.—Luego no lo has dejado atrás. Tú mismo lo dijiste: no es tan fácil. *(Él baja la cabeza. En la habitación,* CORAL *va a marcharse, disgustada.)*

FINA.—¡No te vayas! Están saliendo grandes cosas para ti.

CORAL.—No me las digas. *(Empieza a andar.)*

FINA.—Un matrimonio. *(*CORAL *se detiene.)*

CORAL.—¿Con quién?

FINA.—Las cartas no lo dicen. *(Las estudia.)* Un hombre mayor que tú... Pero eso es lo más corriente... *(*CORAL *vuelve a acercarse.)*

LÁZARO.—*(Desalentado.)* Amparo, ampárame.

AMPARO.—¿De qué modo?

LÁZARO.—Con tu cariño.

AMPARO.—No bastaría con eso. Tú necesitas que Silvia te revele lo que pasó y no descansarás mientras no lo sepas. ¿Has vuelto a oír el timbre?

LÁZARO.—*(Miente.)* No.

AMPARO.—Mírame. *(Él lo hace y aparta la vista.)* ¿No es

éste el lugar de la verdad? Pues no te creo. [*(Muy despacio, los dos enmascarados que aparecieron en las encontradas rememoraciones del incidente asoman por la derecha con sus bates en las manos y, desde su vaga penumbra de sueño, observan, inmóviles, al hombre sentado.* LÁZARO *no los mira; sólo los imagina.)*]

CORAL.—¿No será... Germán?

FINA.—¡Otro que tampoco me gusta! *(Inquisitiva.)* ¿Te gusta a ti?

CORAL.—No lo sé... *(Ante la mirada de su madre.)* ¡No lo sé, mamá!

FINA.—*(Terminante.)* Qué va a gustarte. *(Vuelve a mirar sus cartas.)*

LÁZARO.—*(Vencido.)* Ampárame.

AMPARO.—*(Suave.)* No juegues con mi nombre. No necesitas amparo, sino ayuda. Tú quieres preguntarle a Silvia *qué debes* recordar. ¿Y si ella hubiese muerto y ya no pudiese contestarte?

LÁZARO.—Contéstame tú.

AMPARO.—Yo no soy Silvia.

LÁZARO.—Como si lo fueras.

AMPARO.—Es a un fantasma al que preguntas, no a mí.

FINA.—No es Germán. Tú tienes tu fantasma, como tu tío, y no lo sabes.

LÁZARO.—Ese fantasma tiene ya tu cara.

FINA.—Quieres a otro y no lo sabes. Y, sin embargo, conoces su cara...

CORAL.—*(Se sienta de nuevo.)* ¿Quién es?

FINA.—No lo sé. Pero, si te casas, será con él.

AMPARO.—Es a ella y no a mí a quien estás preguntando si quiere casarse contigo.

LÁZARO.—*(Con extraña entonación.)* Pues contéstame como si fueses ella.

Amparo.—¡No lo soy!
Lázaro.—*(Exaltado.)* ¡Acepta el juego! ¡Nadie sino tú puede jugarlo! ¡Contéstame como Silvia!
Amparo.—*(Triste.)* Tú no estás bien, Lázaro.
Lázaro.—¡Ya lo sé!
Amparo.—*(Conmovida.)* ¿Cuál es tu pregunta?
Lázaro.—*(Poseído de creciente ardor.)* ¿A Silvia?
Amparo.—Si te empeñas...
Lázaro.—Dime tú qué pasó, Silvia.
Coral.—¿No sabes quién es?
Fina.—¡Calla! Creo que veo algo...
Amparo.—¿Ni siquiera sabes cuál de las dos escenas te vino primero a la imaginación?
Lázaro.—Ya he pensado en eso, y saberlo no aclararía nada. [Si me recordé valiente, pude imaginarlo porque quise ocultarme la verdad de mi cobardía. Y si fue mi cobardía lo que recordé antes, tal vez la imaginé porque, a pesar de haberme portado bien, el miedo a no haberlo hecho se apoderó de mi cabeza, debilitada por la enfermedad...]
Fina.—Eso es. Las cartas dicen que está algo enfermo. Nada grave. Tú le curarás.
Amparo.—El miedo...
Lázaro.—Sí, porque lo tuve que sentir. El más valiente lleva dentro un cobarde; lo que pasa es que lo domina.
Coral.—Mamá, no seas cuentera.
Fina.—¿Cuentera? Ya lo verás.
Lázaro.—Tú sabes lo que ocurrió. Tú lo sabes..., Silvia. Dímelo tú. Y si fui cobarde, perdónamelo.
Amparo.—Si lo hubieses sido, ya estarías perdonado. Tú arrostraste conmigo los peligros de nuestra ingenua clandestinidad de octavillas, los golpes de los grises en el recinto universitario...

Lázaro.—¡Eso es cierto!

Amparo.—Tú mismo se lo contaste a Amparo. Y ella diría lo que yo. Una flaqueza juvenil no debe marcar toda una vida.

Fina.—Desde luego no es un jovenzuelo. Es bastante mayor. Supongo que no te importaría. *(Coral frunce las cejas y se echa hacia atrás; tal vez empieza a barruntar confusamente el pensamiento de su madre.)*

Lázaro.—Entonces, ¿fui un cobarde? ¿Y tú me lo perdonas?

Amparo.—¿No puedes decirle todavía a una de las dos escenas «tú eres mentira»? ¿No se remueve nada dentro de ti?

Lázaro.—*(Se le pierde la mirada en el vacío.)* Yo aceptaré como auténtica la escena que tú señales.

Amparo.—*(Desalentada.)* Pero yo no puedo señalar ninguna y el teléfono seguirá sonando. *(Suspira. Se levanta. [Los dos enmascarados empiezan a enarbolar sus bates.)]* ¿Nos vamos? Aún he de hacer una llamada.

Lázaro.—*(Con absurda esperanza.)* ¿Para averiguar lo que pasó?

Amparo.—*(Con apenada sonrisa.)* No... Para ver si averiguo otra cosa que también nos atañe a todos.

Lázaro.—*(Se levanta despacio.)* Yo pensé... que aquí... estaríamos más cerca de la solución.

Amparo.—Sólo tú puedes encontrarla. *(Echa a andar. Él se apresura a retenerla por una mano.* Amparo *se desase con suavidad y da un paso hacia la derecha. [Con la alucinante extrañeza de la pesadilla, los dos enmascarados la aguardan y, al llegar* Amparo *junto a ellos, miman una lluvia de golpes sobre la mujer, sin rozarla y sin que ella se inmute. Aterrorizado,]* Lázaro *[piensa la macabra escena y] corre tras* Amparo.*)*

LÁZARO.—¡Silvia!

AMPARO.—*(Se detiene, [mientras la ilusoria paliza cae sobre ella.)]* Yo no soy Silvia. Vámonos. *(Sale por la derecha muy erguida, [bajo la agresión de las dos figuras que desaparecen con ella.]* LÁZARO *inclina la cabeza y sale tras* AMPARO. *La luz sube en la trastienda y decrece en el primer término. Los destellos del agua se apagan.)*

FINA .—*(Descubre una carta).*¡Mira! La sota de bastos junto a ti. Otra mujer. Cuídate de ella.

CORAL.—No me gusta lo que estás imaginando.

FINA.—¡Yo no imagino! ¿Es o no es la sota de bastos? Y está a tu vera. Tú eres la de oros. *(Apunta con el dedo.)*

CORAL.—Me estás dando a entender que ese basto es Amparo.

FINA.—No lo afirmo. Pero ¿quién otra podría ser, tan cerca de ti? Ahora levantamos en cruz para ver sus influencias. *(Descubre cartas.)* Otro basto. ¡Y otro! Y una espada. Sea quien sea, representa una temible amenaza.

CORAL.—¡Es una buena chica!

FINA.—Ni tan chica, ni tan buena. Eres muy tierna todavía para saber cómo son las personas.

CORAL.—¡Amparo no amenaza a nadie!

FINA.—¿No? Te habrás fijado en que, desde que está aquí de secretaria, o de lo que sea, tu tío no es el mismo. Antes era alegre, chistoso... Ahora no para de cavilar.

CORAL.—*(A media voz.)* Quizá se ha enamorado.

FINA.—¡Dios no lo quiera!

CORAL.—¡Podrían ser felices!

FINA.—¡Figúrate! Ella aquí, disponiendo de todo y de todos. Y adornándole a tu tío la frente.

CORAL.—¡No digas horrores, mamá! *(Se levanta y toma su laúd.)*

FINA.—*(Alza la voz.)* ¡Es una desvergonzada y seguirá

teniendo líos! Porque está tan claro como el sol que los ha tenido. *(Baja la voz.)* Y el último, con tu propio hermano.

Coral.—No quiero escucharte. *(Va a irse.)*

Fina.—¿Te haces cargo? Tu hermano, odiando a tu tío porque ella se va con él. Tu tío, destrozado cuando ella lo engañe. Ese sería el porvenir. Y tú...

Coral.—*(Con inquina.)* ¿Yo, qué?

Fina.—*(Después de un momento.)* Tú quieres mucho a tu tío, ¿verdad?

Coral.—¡Claro que sí!

Fina.—Ya estoy vieja, Coral. [Un día os dejaré para siempre.] También yo quiero mucho a mi hermano. [Es más bueno que el pan y a él se lo debemos todo. Él refunfuña porque me desvivo en complacerle,] pero, cuando yo falte, ¿qué será de Lázaro? Esa descocada no le iba a atender como yo. *(Breve pausa.)* Ni como tú. Mientras no la trajisteis yo estaba tranquila. Sabía que lo cuidarías cuando yo os dejase... Y todavía tengo esa esperanza. Tarde o temprano, esa mujer le dará de lado. En cambio, tú... nunca abandonarías a tu tío. Ni por la música. Ni siquiera por casarte. ¡Sería tan hermoso! Nosotros, unidos con él siempre. Y cuando yo no estuviese, ni tu hermano, que, como hombre que es, formaría algún día su hogar, tu tío y tú, juntos. *(Breve pausa.)* Porque tú lo quieres más que a nadie. Incluso más que a mí, y me parece bien: es el que más vale de todos.

Coral.—*(Turbada, lo echa a broma.)* Mamá, estás como un cencerro. ¿No te das cuenta de que me hablas de él como de un novio?

Fina.—*(Quedo.)* Sí que me doy cuenta.

Coral.—*(Agitada, la mira con ojos despavoridos.)* ¡Lo quiero como a un padre! ¡Como al padre que ha sabido ser para mí!

Fina.—No sería la primera vez.
Coral.—*(Desconcertada.)* ¿La primera vez...?
Fina.—*(Quedo.)* La primera vez que un hombre se casa con su sobrina. Eso puede hacerse.
Coral.—*(Balbucea, descompuesta.)* ¿Te... has vuelto loca? Él podría ser... ¡No sé ni por qué te escucho!... Podría ser... ¡hasta mi abuelo!...
Fina.—Y tu marido. O... tu novio. Está fuerte y sano. Poco importa la diferencia de edad cuando un cariño es tan grande... como el que tú le tienes a Lázaro.
Coral.—*(A punto de llorar.)* ¡Me estás haciendo daño!... (Airada, revuelve los naipes sobre la mesa.)* ¡Tus malditas cartas! ¡Te las quemaré! *(Aprieta el laúd contra su pecho y camina hacia la derecha. Se detiene antes de salir.)* ¡Eres tan mala como lo fue mi padre! [¡Eres... una celestina...] ¿Me quieres echar en sus brazos? ¿Es eso lo que quieres? No te importaría, ¿eh?... Me das asco. *(Sale, muy alterada.* Doña Fina *la ve marchar y esboza una sonrisa.)*
Fina.—*(Para sí, mientras reúne la baraja.)* ¡Qué sabes tú de la vida, tontorrona!... De las trampas con los tenderos, del futuro negro y sin una peseta... Ni lo sabrás. Porque tu madre veló por vosotros. *(Pausa. Se oye, lejana, la fuga de Bach en el laúd.* Doña Fina *alza la cabeza y escucha, sonriente.)* Mientras tocas, ya lo estás pensando... Volverás a quererme. *(Reunidas sus cartas, mete la baraja en el estuche, al tiempo que sobreviene un oscuro lento.)*

(La música sigue sonando. Algo después se amortigua hasta cesar y la luz vuelve súbitamente a la estancia. Sólo se halla en ella Doña Fina, *con muy mala cara. Inmóvil, está ahora de pie y atisbando junto a la cortina de la izquierda. Confusas y alegres voces llegan desde la librería.* Doña Fina *retrocede aprisa hasta el otro extremo de la habitación, pero no le da tiempo a salir. Entran por la izquierda*

Lázaro, Mariano, Coral, Amparo y Germán. Lázaro *trae una bandeja con vasos de parafina y botellas.)*

Lázaro.—*(Alegre.)* ¡La última copa! *(Deja su carga sobre la mesita.)*

Mariano.—¡La penúltima! *(Se adelanta a llenar vasos.)*

Coral.—*(Del brazo de* Amparo, *muerta de risa.)* ¡Si son vasos!

Lázaro.—*(Alza uno ya lleno.)* ¡Copas del más fino baccarat! ¿No las veis brillar? *(Bebe.)*

Mariano.—*(Ríe.)* ¿Estás loco?

Lázaro.—*(Ríe.)* Estoy bebido. ¡Anímate, Fina! ¿Un traguito? *(Le ofrece un vaso.)*

Fina.—Gracias. *(Toma el vaso, pero lo deja a poco, sin beber, sobre la mesita.)*

Coral.—¡Qué éxito, mamá! *(Estrecha, afectuosa, a* Amparo.*)*

Germán.—*(Que entró el último.)* ¡Y cómo ha hablado el crítico! Que si Kafka, que si Faulkner... *(Va a servirse un vaso.)*

Amparo.—Siempre hablan de Kafka y de Faulkner.

Coral.—No seas modesta. ¡Un exitazo!

Amparo.—Habrá que esperar para saberlo.

Lázaro.—Para mí ya lo es. *(Se van sentando.* Coral *se desprende de* Amparo *para acercarse a* Germán.*)* ¿Me sirves un vaso, Germán?

Germán.—*(Le entrega un vaso ya servido.)* ¡Copa de baccarat para la jovencita!

Coral.—Gracias. *(Le toma del brazo, no sin alguna extrañeza por parte de él.)* ¡Eres un solete! *(Bebe.)*

Amparo.—Si no se sienta, doña Fina, yo tampoco lo haré. *(*Doña Fina *titubea y acaba por sentarse en el sofá.* Amparo *se sienta a su lado.)*

Lázaro.—*(Que se acuerda de pronto y va hacia la izquierda.)* ¿No entra el muchacho?

Mariano.—Pide que le excusemos. Después de cerrar se va... a un asuntillo que le aguarda.

Germán.—Él también tiene los suyos.

Coral.—¡Y nosotros! *(Risita, mientras bebe y aprieta el brazo de Germán.)*

Germán.—¿Estás piripi? *(Ella suelta otra risita. Él se desprende con una comedida sonrisa y se dirige a Doña Fina, que los mira.)* [¡Anímese,] doña Fina! Un vasito no daña.

Fina.—Gracias. Prefiero conservar la cabeza en su sitio.

Mariano.—¡Mamá, que el champán es del bueno!

Fina.—Habrá que recoger todo lo de la librería...

Mariano.—¡Mañana!

Coral.—Yo lo haré. ¡Ahora, a beber! *(Bebe otro sorbo.)*

Fina.—Ten tú cuidado, *(Con intención.)* jovencita.

Lázaro.—*(Que se ha acercado al sofá por detrás, se inclina hacia Amparo.)* ¿Contenta? *(Su hermana se vuelve también a mirarlo, por si era para ella la pregunta, y se le avinagra aún más el semblante.)*

Amparo.—Naturalmente.

Germán.—¡Por el futuro de la gran novelista! *(Apura su vaso.)*

Lázaro.—*(Alzando el suyo.)* ¡Tú también, Amparo! *(Sonriendo, Amparo va a tomar uno. Doña Fina señala el que le dieron.)*

Fina.—Tome el mío. Está intacto. *(Se miran fríamente.)*

Amparo.—[Gracias.] Resérvelo por si acaso. *(Toma otro.)*

Mariano.—¡Por la gran novelista!

Germán.—¡Eh, tú, no me plagies! *(Risas.)*

Amparo.—Gracias. Por mi incierto futuro. *(Levanta su vaso.)*

Coral.—¿Incierto?

Amparo.—Todos son inciertos.

Lázaro.—¡Vamos, vamos!

Amparo.—También brindo por ti, Lázaro, y por todos. Por tu laúd. Coral. Por tu éxito profesional, Mariano. *(Va a beber.)*

Germán.—*(Simula enfado.)* ¿Me excluyes?

Amparo.—Tú ya has ganado la primera etapa en la vuelta al país. *(Risas.)*

Coral.—*(Alza su vaso.)* Yo no te excluyo, Germán. *(Doña Fina los mira, disgustada.)*

Germán.—¡Eres un ángel!

Lázaro.—Tonterías. Hoy, todos por Amparo. *(Brinda.)*

Amparo.—Y por ti. *(Beben todos, menos Doña Fina.)*

Germán.—Amparo tiene razón. Por Lázaro también. Porque también él merece desde hace tiempo algo grande y tal vez lo alcance esta noche. *(Lo miran, extrañados.)* ¿No lo adivináis?

Amparo.—*(Para desviar la conversación.)* Lázaro, ¿no crees que convendría enviar ejemplares a dos o tres revistas más?

Germán.—¡Ruego a su señoría que no me retire el uso de la palabra! Me he permitido aludir a una gran revelación que nuestro anfitrión merece...

Lázaro.—Y que me llena de curiosidad. *(Se desplaza hasta su mesa, donde se apoya.)*

Amparo.—*(A Germán.)* No seas inoportuno.

Germán.—¡Si es el mejor momento!

Mariano.—Germán, no es esto lo convenido.

Germán.—¿Hemos convenido algo?

Mariano.—*(Molesto.)* Hablarle a Coral.

Coral.—¿A mí?
Germán.—Puede enterarse ahora.
Lázaro.—*(Se yergue.)* ¿De qué habláis? *(Deja su vaso en la mesa.* Germán *deja el suyo en la mesita. El ambiente se enrarece perceptiblemente.)*
Germán.—Lázaro, yo he hecho... algunas averiguaciones.
Amparo.—Ahora no, Germán.
Germán.—¡La verdad siempre, Amparo! Y el momento es inmejorable.
Lázaro.—Seguro que lo es. Hable, Germán. *(*Amparo *y* Mariano *disimulan mal su contrariedad.* Coral *y* Doña Fina *no pierden palabra.* Coral *se sienta para seguir escuchando.* Mariano *cruza tras el sofá para ocupar poco después el sillón de su tío.)*
Germán.—Perdone que me haya inmiscuido en sus cosas. Me ofrecí a ello porque todos estábamos inquietos.
Lázaro.—¿Por mí?
Germán.—Por la preocupación de usted. Por... esa llamada que espera. *(*Lázaro *se envara, pero escucha con vivísima atención.)* Una llamada [del pasado,] que no llega a sonar y que, según parece, le está afectando demasiado.
Coral.—¡Cállate, Germán!
Lázaro.—¡No! Siga.
Germán.—*(A* Coral.*)* Lo averigüé, Coral. Y tu tío debe saberlo. *(A* Lázaro*, con ardor.)* ¡Usted va a revivir, Lázaro! [Y yo me felicito por haberlo hecho posible.] *(Se acerca él.)* Aquella vieja amiga suya..., Silvia Marín..., no le llamará.
Lázaro.—¿Qué dice?
Germán.—*(Pasea, dominador.)* Comprendo que usted no pusiese empeño en recabar posibles informes... Seguramente quiso preservar esperanzas y sentimientos muy de-

licados. *(A* Mariano, *con bondadosa sonrisa.)* Pero tú, Mariano... *(Menea la cabeza.)*

Mariano.—[No me lo vuelvas a echar en cara,] por favor.

Lázaro.—¡Siga usted!

Germán.—¡Era tan sencillo! Ante todo, había que saber si aquella señorita vivía aún, en el extranjero o aquí mismo... *(Se enfrenta con* Lázaro *y saca un papel de su bolsillo.)* Este certificado del Registro Civil acredita de modo concluyente...

Lázaro.—*(Grita.)* ¡No!

Germán.—Sí. Que falleció hace veintidós años. *(Pausa tensa.* Coral *se levanta, sobrecogida.)*

Lázaro.—*(Le tiembla la voz.)* ¿En qué fecha?

Germán.—Tome. Es para usted. *(Le tiende el papel, que Lázaro toma y lee.* Coral *corre a su lado, le arrebata el papel y lee a su vez.)*

Coral.—*(Quedo.)* ¿Fue aquel mismo día?

Lázaro.—*(Muy afectado.)* Poco después. *(Apoyándose en los bordes de la mesa, va instintivamente hacia su sillón.* Mariano *se apresura a levantarse para cedérselo.)* El médico de la familia certificaría cualquier cosa para ahorrarles disgustos...

Germán.—En aquellos tiempos, los padres prefirieron callar. *(*Coral *relee el certificado y lo deja sobre la mesa.)*

Lázaro.—Sobre todo, conmigo. Cuando llamé, y llamé, no hubo manera de hablar con nadie. *(A* Fina.*)* Aunque a ti ellos sí te llamaron.

Fina.—*(Con un hilo de voz.)* Sí.

Lázaro.—Te dijeron que se la llevaban a Inglaterra.

Fina.—Sí.

Mariano.—[Seguro que] mintieron, mamá. [Lo que] querían [era] que el tío Lázaro no insistiese en verla.

Fina.—*Eso sería. (Lázaro, anonadado, se sienta en su sillón y oculta el rostro entre las manos.)*

Amparo.—Lo siento más de lo que puedes suponer, Lázaro. *(Breve pausa.)*

Mariano.—Tío, ya pasó. Ahora, lo que ha dicho Germán: a revivir. [Tienes todo el derecho de revivir.] *(Con tristeza.)* Y yo me alegraré... sinceramente... de que logres ser feliz con otra mujer.

Lázaro.—*(Descubre sus ojos y lo mira, conmovido.)* Mariano... ¡Qué buenísima persona eres!

Germán.—*(Que entre tanto ha llenado otro vaso, se lo lleva a la mesa.)* Tome [otro vaso, Lázaro.] Le vendrá bien. *(Lázaro agarra automáticamente el vaso. Germán retrocede un poco. Lázaro apoya el vaso sobre la mesa sin soltarlo, vuelve a bajar los ojos e inclina la cabeza. Su sobrina se acerca y da la vuelta para ponerse a su izquierda. Mariano le cede el sitio y va a sentarse junto al sofá.)*

Coral.—Bebe, tío... [No podías esperar otra cosa,] aquello pasó hace muchos años... Y tenemos que seguir la fiesta en honor de Amparo. *(Se inclina hacia él.)* De Amparo... *(Con una mirada a Amparo, que la observa con inquietud, habla largamente al oído de su tío. Lázaro la mira de pronto y ella asiente.)* Otro vasito... *(Sin dejar de mirarla, Lázaro bebe el vaso que no ha soltado. Coral ríe, contenta.)* ¡Eso es! ¡La fiesta continúa! ¡Dame a mí otro vaso, Germán!

Germán.—¡Con mil amores! *(Corre a servirlo.)*

Coral.—Ya me conformaré con que sean quinientos. *(Toma el vaso que le brinda Germán y del que empieza a beber. Doña Fina oculta mal su irritación ante esos coqueteos.)*

Mariano.—*(Se sobrepone.)* ¡Claro, tío! ¡Yo también brindo por Amparo! Y por ti: la pesadilla ha terminado. *(Se sirve otro vaso, del que empieza a beber.)*

Amparo.—Dejadlo. Ya es hora de acabar la fiesta.
Germán.—¿Por qué?
Amparo.—Creo que has hecho mal, Germán.
Lázaro.—Sin embargo, yo se lo agradezco.
Coral.—¡Sí, sí! Todos se lo agradecemos. *(Y vuelve a apretar con afecto el brazo de* Germán.*)*
Fina.—*(Con frialdad.)* Todos menos yo. *(Incómodas miradas de sorpresa.)*
Coral.—¡Mamá, por favor!
Lázaro.—¡Fina, qué dices!...
Fina.—Digo que las intromisiones de este muchacho en nuestros asuntos no me gustan. *(*Germán *le dedica una fría sonrisa.)*
Mariano.—Pero, mamá...
Germán.—*(Se sienta al lado de* Doña Fina, *que se aparta, molestísima.)* Este muchacho... es viejo amigo de la casa, doña Fina.
Fina.—No mío.
Coral.—*(Nerviosa.)* ¡Mamá, no nos amargues la noche! ¿Por qué no tomas tu vasito?
Fina.—¡Alguien tiene que poner coto a los entrometidos!
Lázaro.—Esto no es cosa tuya, Fina.
Fina.—¿Que no? *(A* Germán.*)* Lo que busca usted aquí, Germán, no lo sé. Pero le aseguro que, sea lo que sea, no se saldrá con la suya.
Mariano.—*(Severo.)* Mamá, Germán le ha hecho un gran favor al tío.
Fina.—¡Qué sabes tú!
Germán.—No soy ningún entrometido, doña Fina. *(Con intención.)* Y tampoco Amparo, que es ya como de la familia. *(Mal gesto de* Doña Fina.*)* Por eso creo que puedo informarle a usted, y a todos, de algo que todavía no he

dicho. ¿Verdad que usted siempre estuvo enterada de la muerte de aquella chica?

LÁZARO.—*(Se levanta.)* ¿Cómo? *(Sorpresa general. CORAL se vuelve hacia el frente, descompuesta. AMPARO lo advierte, se levanta y va a su lado para tomarla por la cintura.)*

FINA—*(Muy turbada.)* ¿Qué está diciendo? *(LÁZARO da vuelta a la mesa y se apoya sobre su borde, sin dejar de observar a su hermana.)*

GERMÁN.—Que [mis averiguaciones no se han parado en el Registro Civil.] El padre de aquella desgraciada muchacha vive aquí y he hablado con él.

LÁZARO.—¿Con el padre de Silvia?

FINA.—¡No le creo! *(Pero lo cree.)*

GERMÁN.—Y usted tiene que saber lo que me ha dicho.

FINA.—¡Una mentira!

GERMÁN.—¿Él?

FINA.—¡Todo lo que usted dice es mentira!

GERMÁN.—[¿Por qué iba yo a mentir?] Yo ya lo sospechaba, doña Fina. No soy tonto y era fácil de suponer. Él le informó del fallecimiento de su hija y exigió que Lázaro no volviera a importunarles. [A usted, que fue la que atendió a su llamada telefónica.]

FINA.—¡No es verdad!

GERMÁN.—Le informó de la muerte que ahora se ha confirmado. ¿Por qué iba él a ocultársela?

LÁZARO.—*(Se enfrenta con ella.)* ¿Es eso cierto, Fina? *(DOÑA FINA no acierta a responder.)*

GERMÁN.—*(Con suave entonación.)* Usted trasladó el encargo a su hermano, pero transformó el fallecimiento en un viaje a Inglaterra. [Hasta hoy.] Un viaje muy poco creíble, porque eran pequeños burgueses más bien pobres. [En eso no fue usted hábil.] Pero Lázaro lo creyó, acaso porque quería imaginar a Silvia en alguna parte... *(Breve pausa.)* Comprendo que dijo lo primero que se le ocurrió, para no darle a su hermano la mala noticia... *(Un silencio.)*

Lázaro.—¡Habla de una vez, Fina! *(De repente, Doña Fina se echa a llorar. Coral se separa de Amparo y va, tras el sofá, a la espalda de su madre; pero no llega a tocarla y no se decide a hablarle.)*

Fina.—*(Sollozante.)* Tú la querías tanto... No quise apenarte más. [Me daba lástima... que perdieses la ilusión de volverla a ver.]

Lázaro.—*(Colérico.)* Pero... ¿Por qué tantos años callada?

Germán.—No se lo reproche, Lázaro.

Fina.—Pensé que no lo creerías... Ya no me atreví.

Germán.—*(A Lázaro.)* Era muy natural. Terminaría por pensar que, si usted seguía esperando a Silvia, la familia podría seguir unida y tranquila... para siempre. ¿Verdad, doña Fina?

Fina.—*(Lo mira, descompuesta.)* ¡Yo sólo he procurado la felicidad [de mis hijos y la] de mi hermano!

Germán.—¡No lo dudo!

Mariano.—¡Germán, esto no es un tribunal!

Germán.—*(Sereno, se vuelve hacia él.)* El mundo entero es un tribunal, Mariano. *(Se levanta.)* O debería serlo. *(Sale del centro, hacia la mesa de despacho.)* No he hecho más que lo que tú podrías haber hecho hace tiempo, si hubieses estudiado el asunto un poquito.

Mariano.—*(Airado, se levanta.)* ¿Qué quieres demostrar? ¿Que vales más que yo? ¡Era mi madre! ¿Cómo iba yo a pensar eso de mi madre?

Lázaro.—¡Calla, Mariano! Ahora hablaré yo. *(A Germán.)* Puede que todos debiéramos comparecer ante un tribunal, pero eso es ya cosa nuestra. Le agradeceré que no siga practicando sus habilidades de letrado a costa de mi hermana.

Germán.—*(Afable.)* Perdone.

Amparo.—Justo. Habilidades. Porque tú no has hablado con el padre de Silvia. *(Todos se miran, sorprendidos.)*

Germán.—*(Lo toma a broma.)* ¡Ah! ¡Tú sí que deberías ser abogada!

Amparo.—Por lo menos, sé preguntar. ¿No es más cierto que no has visto a ese señor? *(Breve pausa.)*

Germán.—*(Con sorna.)* Ni siquiera sé si vive.

Fina.—*(Se levanta, enfurecida.)* ¿Y se ha atrevido...?

Germán.—Discúlpeme, doña Fina. *(Por* Lázaro.*)* Tienen razón los dos para enfadarse: ha sido una triquiñuela algo fea. Pero no me lo tome a mal: usted necesitaba descargarse de ese peso.

Amparo.—*(Con frialdad.)* La verdad siempre, ¿no?

Germán.—*(De buen humor.)* Me alegra que la señora abogada lo apruebe.

Amparo.—Aprobar es mucho decir.

Lázaro.—*(Se acerca a su hermana.)* ¡Fina! ¿Cómo pudiste?

Fina.—*(Con la vista baja.)* Por favor, no más preguntas. *(Se enjuga los ojos.)* Me voy a mi cuarto.

Coral.—*(Resentida.)* ¿A echarte las cartas?

Fina.—*(Con tristeza.)* Desagradecida. *(Se dispone a salir.)*

Amparo.—Le ruego que se quede, doña Fina. Yo también tengo que preguntar algunas cosas.

Fina.—*(Hosca.)* ¡No a mí!

Amparo.—A Germán, [ya que me ha hecho el honor de llamarme abogada.] Y me gustaría que usted las oyera.

Fina.—Cosas de las que nada quiero saber. Ni de las de él, ni de las de usted. *(Se encamina a la derecha.)*

Lázaro.—¡Quédate, Fina!

Fina.—*(Vuelve a estallar en sollozos.)* ¡No!... No.

[Germán.—*(Tras ella.)* ¿No me perdona usted, doña Fina? *(Sin contestar, ella)* sale por la derecha.)* Perdóname tú, Coralito. Mi intención fue buena.

Coral.—No debiste hacerlo. *(Y, a su vez, se le saltan las lágrimas.)*

Lázaro.—No, Coral. Por favor. *(Va a su lado y la conduce al asiento que ocupó su madre. Ella se deja llevar, pero, de pronto, mira a su tío y se suelta bruscamente, muy agitada.)*

Coral.—¡Déjame! ¡No me toques!...

Lázaro.—*(Asombrado.)* ¡Coral! *(Ella se sienta y sigue llorando en silencio.)*

Germán.—*(Tras el sofá.)* Lo siento, Coral. *(Ella le asesta una defraudada mirada.)* Había que deshacer el nudo, [aunque hubiese que apenar a tu madre o a usted, Lázaro.] Confío en que lo comprenderán. *(*Coral *sigue sumida en su pena.)*

Mariano.—*(Con mal tono.)* Lo comprendemos muy bien. Gracias.

Germán.—No. Tú todavía no lo entiendes. [Pero] lo entenderás cuando recuerdes que soy tu amigo. *(*Mariano *se cruza de brazos: la presencia de* Germán *le estorba ya.)*

Amparo.—*(Glacial.)* Lo entenderá, no lo dudes.

Germán.—Bien... *(Suspira.)* [Ya hablaremos más tranquilos.] Creo que, si me voy, la fiesta aún puede seguir.

Amparo.—¿Qué fiesta?

Germán.—Era tu fiesta. Yo les dejo, pero ustedes la deben continuar. *(Sonríe, afable.)* ¡Por favor! Si lo piensan, comprenderán que no hay motivo para entristecerse tanto... Al contrario: el futuro se ha abierto a mejores perspectivas. Esto no es ninguna tragedia griega y nadie se ha muerto.

LÁZARO.—Porque ya murió. *(Se vuelve hacia el frente para ocultarles su semblante demudado. Un silencio.)*

AMPARO.—*(A* GERMÁN.*)* Tú sí que no entiendes nada.

GERMÁN.—Perdón de nuevo, Lázaro. Es cierto que ya hubo una tragedia y una muerte. Pero hace tantos años...

LÁZARO.—*(Con frío tono.)* [Le reitero mi agradecimiento.] Será mejor que terminemos la velada. Buenas noches.

GERMÁN.—Buenas noches. *(Se encamina a la derecha.)*

AMPARO.—No te vayas aún.

GERMÁN.—Tú querías preguntarme algo, sí... Te contesto y no les canso más.

AMPARO.—Con el permiso de Lázaro, vuelve a sentarte. *(Todos la miran, sorprendidos.)*

GERMÁN.—Amparo, ¿no podemos mañana...?

AMPARO.—Como tú dices: las cosas, en caliente. *(Tras un segundo de vacilación,* GERMÁN *se sienta.)*

GERMÁN.—Con su permiso, Lázaro. *(A* AMPARO.*)* Tú dirás.

AMPARO.—*(Pasea, se apoya en alguna silla.)* Quería preguntarte algo acerca del Centro de Juristas Liberales. Porque tú vas a entrar en él, ¿no?

GERMÁN.—[Lo sabes muy bien.] Yo mismo te lo he dicho.

MARIANO.—¿He oído bien? *(Y se sienta despacio, muy interesado.)*

GERMÁN.—*(A* MARIANO, *directamente.)* ¡Y a vosotros también os lo iba a decir! [No me gusta esa asociación, pero es la de Piñer.] Si la eficacia está en combatir desde dentro, no hay que dudarlo. ¿O no lo entiendes?

AMPARO.—*(Suave.)* ¿No ha de entenderlo? Germán juega a la larga. Si hay que minar este sistema podrido desde dentro cuando no se puede de otro modo, se hace, como lo hemos hecho tantos desde hace años. ¿No lo dirías tú así?

Germán.—Exactamente. *(Interesado,* Lázaro *se acerca y se apoya en una silla.)* ¿Qué querías saber de ese Centro?

Amparo.—Sólo una fecha.

Germán.—¿Una fecha?

Amparo.—¿Cuándo piensas ingresar?

Germán.—Un día de éstos.

Amparo.—*(A* Mariano.*)* ¿Cuándo hicisteis Germán y tú las pruebas con Piñer?

Mariano.—El veintisiete... o veintiocho del mes pasado.

Amparo.—¡Ay, Germán! Hasta los buenos abogados como tú padecen confusiones en los datos. Si acaso Piñer te sugirió que debías ingresar en el Centro, se te olvidaría decirle que ya lo habías hecho.

Germán.—*(Titubea.)* Es que no lo había hecho.

Amparo.—¿No digo? Cuida esa cabeza, Germán. Tú no vas a ingresar dentro de unos días, porque ingresaste el cinco del mes pasado.

Mariano.—*(Estupefacto.)* ¿Antes de las pruebas?

Amparo.—Parece que bastante antes.

Coral.—*(Musita.)* ¡Dios mío!

Amparo.—¡No, Coral! No pienses nada malo. Era natural que Germán quisiese facilitar las cosas con Piñer para trabajar mejor por sus ideales sociales.

Coral.—¿Y no le propuso a Mariano que entrasen juntos?

Amparo.—Estaba tan preocupado por obtener el puesto que... se le olvidaría. *(*Coral *oculta el rostro entre las manos.* Mariano *se está levantando lentamente.)*

Germán.—*(Frío.)* ¿De dónde has sacado todo eso?

Amparo.—Tan sencillo como tu visita al Registro Civil. Bastaba con telefonear a la secretaria del Centro para comprobar cuándo te diste de alta. Da la casualidad de que la conozco...

Mariano.—*(De pie, balbucea.)* No... puedo creerlo... [Tienes que haberte equivocado...] Germán no es tan torpe... Habría previsto que yo podría enterarme más adelante...

Amparo.—Pensaría que no te ibas a enterar. Porque él sí cree que tú eres muy torpe. Y si te enterabas, tampoco le importaba.

Mariano.—¡Era mi amigo de muchos años!

Amparo.—[No de amistad.] Años de satisfacerse pensando que era superior a ti. Para eso le servía tu «amistad». Y supongo que para algún que otro sablazo. Pero no le mires así. [Ahora todo está en regla.] Germán es un hombre normal.

Mariano.—*(Escupe la palabra.)* ¿Normal?

Amparo.—Como a casi todos, también a él le atrapa el miedo a quedarse atrás o a no encontrar trabajo. El miedo, en suma, por su preciosa vida. Ese miedo engendra el egoísmo y la agresividad, que vuelven a engendrar el miedo... Y en ese infierno estamos. *(*Lázaro *la mira, herido.)*

Germán.—¡Por favor, [bachillera!] Todo eso lo acabas de leer en «Los rostros del temor», de Janvier.

Amparo.—*(Sonriente.)* ¡Desde luego! Yo procuro aprender en los buenos libros. Y leyendo ése he terminado de comprender que tú también tienes miedo.

Germán.—*(Sardónico.)* ¿Yo?

Amparo.—No ibas a ser tan excepcional como les parecía a estos buenos chicos. Tienes miedo a ese infierno y si, para dulcificarlo, hay que dar coba o mentir, no vacilas. *(Breve pausa.)*

Mariano.—¡Defiéndete, Germán! *(Otra pausa breve.)*

Germán.—Cuando se pone la vida al servicio de la revolución que el mundo necesita, se miente si es preciso.

Amparo.—¿A un amigo? ¿A un hombre que piensa como tú y que va a tu lado? A ése al menos, según el estribillo que te gusta repetir, hay que decirle la verdad siempre. Escucha tú ahora la tuya.

Germán.—[¿De vosotros?] Vosotros no tenéis derecho a juzgarme.

Amparo.—¿No has dicho que el mundo entero es un tribunal?

Germán.—Es inútil pretender que comprendáis.

Mariano.—*(Crispado.)* ¿Qué es lo que hay que comprender? *(Da un paso hacia él.* Lázaro *lo retiene por un brazo.)*

Germán.—¡Yo no te he birlado ningún puesto! Piñer me habría elegido a mí aunque no hubiese ingresado en el Centro. ¡Sí, Amparo! ¡Me di de alta para facilitar las cosas! Y no se lo dije a Mariano. ¿Para qué? ¿Para que también se diese de alta y se quedase con el bochorno de una claudicación inútil? Porque tú, Mariano..., convéncete de una vez..., no vales para abogado. *(Con rencor.)* [La verdad siempre, aunque sea tardía.]

Mariano.—*(Se suelta de su tío.)* ¡Canalla! *(Se abalanza [y lo golpea.]* Coral *grita y corre a los brazos de* Amparo.*)*

[Germán.—¡Quieto, idiota! Yo no quiero pegarte.]

Lázaro.—*(Al tiempo, [mientras intenta separarlos.)* ¿Qué es esto? *(Se interpone.)*] ¡Aquí no quiero riñas!... ¡Mariano! *(Consigue echar hacia atrás a su sobrino.)* Márchese, Germán.

Germán.—*(Jadeante.)* Ahora mismo. *(Va a salir. Se detiene al oír a* Coral.*)*

Coral.—*(Refugia su cara en el pecho de* Amparo.*)* Es horrible... Horrible.

Germán.—Perdóname, Coral. Mis intenciones eran mejores de lo que crees.

Amparo.—Pero muy epidérmicas, ¿no?

Germán.—[En todo caso, no malas. Pero] ya veo que tú tampoco entenderías... Creí que pertenecías al ejército de los luchadores insobornables. Me había equivocado.

Amparo.—¿De qué libro habrás sacado tú esa frase? Si aprendieses, como yo, de lo que lees... *(Baja la voz.)* Ese al que tú llamas ejército existe. [Pero no te atrevas a hablar de él.] Hay gente suya en algunos partidos y sindicatos, en alguna universidad... Entre las personas sencillas que vemos pasar por la calle. Pero guárdate de ostentar tú su representación. Tal vez hace unos años... No sé. Hoy ya no puedes.

Germán.—¿Tú entonces?

Amparo.—[Quizá yo sólo valga para escribir novelas.] No creo que quienes tienen el derecho de representarlo sean gentes como yo. Ni como tú. Serán gentes como... Silvia. *(*Lázaro *se estremece y va a sentarse, cabizbajo, a su sillón.)* La víctima de la tragedia que tú echabas a faltar [en este sainete.] Y no es la única... Hay otras en él. Pero no tú. *(Casi riendo.)* Tú nunca serás un héroe trágico. *(Desolada,* Coral *se separa de* Amparo *y va a sentarse al sofá.)*

Germán.—*(Amargo.)* ¡Qué sabe nadie aquí lo que es luchar para salir adelante, sin que los padres te puedan dar ni un céntimo y aprobando cursos a salto de mata; mientras te pagas las pensiones miserables en que vives trabajando cuando puedes de camarero o de pinchadiscos!

Amparo.—Silvia lo sabía. Y yo también lo sé.

Germán.—Pues si lo sabes, también deberías saber que no hay más verdad que ésa. De un lado, la pobreza. Y del otro, los que han tenido la suerte de un padre o un tío con posibles, que les han allanado el camino. *(A los sobrinos.)* [Los que nunca han conocido estrecheces ni aprietos. Arregladitos, tranquilos..., prósperos.] ¿Y me vais a juzgar a mí? Tengo todo el derecho a salir adelante sin reparar en medios.

Amparo.—Pero no como luchador insobornable. A ti ya te han sobornado. [Ya eres normal.]

Germán.—¿No será a ti a quien ha sobornado la librería El Laberinto?

Lázaro.—¡No le tolero insidias!

Germán.—*(Con irónica sonrisa.)* Ella sabe de qué hablo. Y usted también.

Mariano.—*(Grita.)* ¡Fuera!

Germán.—Adiós, Lázaro. Me alegro de haberle ayudado. *(A todos.)* Buenas noches. *(Inicia la marcha.)*

Amparo.—Pobre Germán. *(Él la mira de soslayo.)* Tú ni siquiera oyes un timbre. *(*Germán *la mira duramente. Después sale, rápido, por la derecha.* Amparo *se sienta junto a* Coral *y le pasa un brazo por los hombros.* Mariano *se deja caer, muy afectado, en uno de los silloncitos.* Amparo, *a* Coral:*)*. ¿Le querías?

Coral.—Ahora sé que nunca le quise. *(Baja la voz.)* Pero yo había decidido irme con él esta noche.

Lázaro.—*(No ha oído bien.)* ¿Qué has dicho?

Coral.—Nada que importe, tío.

Amparo.—Entonces, fuera penas. Un día conocerás a alguien a quien querrás de verdad.

Coral.—No.

Amparo.—Sí, Coral, sí. Amarás.

Coral.—Tío, yo te cuidaré a ti durante toda la vida. Porque nunca me casaré ni querré a ningún hombre.

Lázaro.—*(Conmovido.)* Querrás, sobre todo, a tu música. Y por ella, quizá conozcas a un muchacho que te aguarda, aún no sabemos dónde.

Coral.—*(Con los ojos húmedos.)* ¡No, tío Lázaro! ¡Nunca! Seguiré a tu lado y tocaré para ti... *(Se le quiebra la voz.)* y para tu mujer, si un día la eliges.

Lázaro.—Y para los demás. Yo no merezco tanta dedicación.

Coral.—¡Tú lo mereces todo!

Lázaro.—No merezco nada.

Amparo.—Lázaro, por favor...

Lázaro.—¡Dejadme atrás! [¡Vosotros tenéis que seguir adelante!] ¡Tú, con tu música! ¡Y tú, con tu profesión! Mañana mismo planearemos la apertura de un despacho laboralista.

Mariano.—No. Germán tiene razón. No valgo para abogado. [Nunca fui muy sagaz...] Me gustaba la amistad de Germán porque era más inteligente que yo. [Como un buen profesor.] Y yo pensaba que él siempre sabría orientarme y aleccionarme. Soy torpe, ingenuo. Y siempre necesitaré papás. No dejes tú de serlo.

Lázaro.—¡No te desanimes por una mala impresión pasajera!

Mariano.—*(Con triste sonrisa.)* Tío, no valgo. En la prueba con Piñer empecé a darme cuenta. Seré librero, como tú. [De ti sí puedo aprenderlo poco a poco.] Enséñame a ser un buen librero. No es un mal destino. Lo prefiero a ingresar en ese otro ejército de los abogados sin pleitos.

Lázaro.—*(Se levanta, exaltado.)* ¿Los oye, Amparo? ¡Se desmoralizan y quieren seguir como polluelos bajo las alas de su fabuloso tío! *(Se enfrenta con sus sobrinos.)* ¡Pues no! Germán tenía razón, pero vosotros no tenéis culpa ninguna. Soy yo el culpable, por haberos mimado en vez de impulsaros hacia una vida más difícil.

Mariano.—Tú no tienes culpa de que yo no valga lo que tú vales.

Lázaro.—*(Ríe, descompuesto.)* ¿Eso crees? *(Pasea, nervioso.)* No, hijos míos. Basta de adoración. La confesión debe continuar. Yo no valgo más que vosotros. Ni más que Germán.

Coral.—¡Tío, tú no piensas eso!

Lázaro.—Sí. Y vosotros aún podréis crecer, si aprendéis a juzgarme. Seréis también mi tribunal. Amparo, ellos deben conocer mi miseria.

Amparo.—¿No crees que deberías reflexionar antes?

Lázaro.—¿No lo comprendes? *(En un grito.)* ¡Ella murió! *(Ha llegado en sus paseos a la espalda del sofá. Se acerca a la derecha y llama con fuerza.)* ¡Fina!

Amparo.—¿Para qué la llamas?

Lázaro.—Si sabe la verdad, tendrá que decírmela. *(Alza aún más la voz.)* ¡Fina!

Mariano.—Se habrá encerrado en su alcoba. No puede oírte.

Lázaro.—*(Lo piensa y se resuelve.)* Voy por ella. *(Va hacia la derecha y se detiene.)* Y tú, Amparo, alíviame este trago difícil. Di a mis sobrinos lo que busco. Explícales que el doble recuerdo no es ninguna impostura. A ti te creerán. *(Sale por la derecha.)*

Mariano.—¿El doble recuerdo?

Amparo.—Es cierto. Vuestro tío recuerda el asalto que le costó la vida a Silvia de dos maneras diferentes.

Mariano.—No entiendo...

Amparo.—Su memoria se debilitó y lo ha recordado alternativamente de una o de otra manera. Hasta hoy. Y no sabe cuál es la verdadera.

Mariano.—Eso es extrañísimo...

Amparo.—Quién sabe si no será menos raro de lo que pensamos.

Coral.—¿No es... más vivo uno de los dos recuerdos?

Amparo.—Igual de intensas las dos imágenes y muy parecidas entre sí. Pero con una terrible diferencia.

Mariano.—¿Cuál?

Amparo.—En una, acudió corriendo a la llamada de la muchacha y también lo apalearon.

Mariano.—¿Y en la otra?

Amparo.—Oyó su llamada y se quedó, paralizado por el pánico, viendo de lejos cómo la golpeaban. Sólo cuando ellos huyeron se acercó a auxiliarla.

Coral.—*(Susurra.)* Se asustó...

Amparo.—Nunca ha sabido cuál fue la verdad. Y me consta que no miente. *(Se levanta y da algunos pasos hacia la izquierda.)* [¡Y hay razones para que haya elaborado de buena fe la escena falsa, y para que cualquiera de las dos lo sea!] *(Los mira.)* Por eso deseaba tanto la llamada de Silvia. O la temía.

Coral.—*(Muy quedo.)* ¡Cuánto habrá sufrido!

Mariano.—[Los oigo. Vienen.] *(Se levanta y se aparta hacia la izquierda.* Lázaro *aparece por la derecha, trayendo de la mano a* Doña Fina.*)*

Lázaro.—Ven, Fina. Tenemos que hablar. *(La conduce al sofá.)*

Fina.—¿Qué quieres ahora?...

Lázaro.—¡Siéntate! *(La obliga a sentarse.* Coral *se levanta y retrocede unos pasos, pendiente de su madre.)*

Fina.—Ya lo expliqué... todo.

Lázaro.—¿Todo?

Fina.—*(Con un hilo de voz.)* Sí.

Lázaro.—Fina, para que yo pueda perdonarte tu mentira de veintidós años, me vas a terminar de decir la verdad.

Fina.—La he dicho...

Lázaro.—¿Toda?

Fina.—Eso... creo.

[Lázaro.—Amparo, ¿no adivinas lo que le voy a preguntar?

Amparo.—*(Lo piensa.)* ¿Los golpes? *(Él asiente.)*]

Lázaro.—Fina, [no te importe hablar delante de ellos. Yo lo prefiero así. Y ahora responde con toda veracidad.] Cuando me dijiste que no recordabas si tenía o no tenía señales de golpes después del incidente, ¿fuiste sincera?

Fina.—Sí.

Lázaro.—No.

Fina.—¡Sí!

Lázaro.—¡No vuelvas a mentirme! *(Va a su lado y la aferra por los hombros.)* Es imposible que hayas olvidado si tenía o no tenía hematomas y si me los curaban o no! *(La sacude.)* ¡Tu juego ha terminado! [¡Di la verdad!] *(Doña Fina gime.)*

Coral.—*(Al tiempo.)* ¡Tío, cálmate!

Lázaro.—*(Se reporta y se separa unos pasos.)* Di la verdad. *(Doña Fina solloza en silencio. Lázaro dulcifica su voz.)* También el padre de Silvia pudo confirmarte una de las dos cosas. Quizá te dijo: «Déle las gracias a Lázaro por haber defendido a nuestra hija, pero no queremos volver a ver a ese subversivo.» O puede que te dijese: «Ese canalla, que ni siquiera quiso defenderla, que no vuelva a molestarnos.» ¿No te dijeron nada parecido?

Fina.—Sólo me dijeron que a ella le habían dado ya tierra y que no querían saber nada de ti.

Lázaro.—Cuenta entonces cómo fue mi enfermedad. ¿Tenía o no contusiones que había que curar?

Fina.—*(Después de un momento.)* ¿Es que no lo sabes tú?

Lázaro.—*(Desconcertado.)* ¿Cómo?... ¡Ah, no! ¿Piensas que, cuando te lo pregunté, yo lo sabía y quería ver si tú lo habías olvidado o habías decidido fingir a mi favor? ¡No, Fina! No lo sabía y sigo sin saberlo. ¡Dime tú la verdad de una maldita vez!

Fina.—Yo... tampoco lo sé. *(Ante el iracundo ademán de su hermano.)* ¡Todos podemos tener mala memoria!

Lázaro.—*(Amargo.)* ¿Es un reproche?

Fina.—*(Se levanta, sollozando.)* Nunca te he reprochado nada. (Lázaro *la está mirando con terrible fijeza.*) Y ahora no te miento. Recuerdo mal todo aquello, quizá porque también yo he querido borrarlo. ¡Te he dicho la verdad! *(Va hacia la derecha y exclama, atribulada.)* ¡La verdad! *(Sale.* Lázaro *se derrumba sobre un sillón e inclina la cabeza.)*

Amparo.—*(Mientras se acerca y se sienta a su lado.)* No des por seguro que haya mentido. También ella ha podido olvidar.

Lázaro.—Entonces, nunca sabré.

Coral.—*(Da un paso hacia él.)* Tío Lázaro... Yo creo que no debes atormentarte.

Lázaro.—¿Y si fui un cobarde?

Mariano.—¿Y quién no lo es alguna vez?

Lázaro.—No quiero vuestra lástima. Dejadme atrás y aprended a marchar solos.

Mariano.—*(Va a su lado y le oprime un hombro.)* Pero a tu lado. ¿Por qué no?

Coral.—Tú no serás mi dios, tío Lázaro, sino la música. Pero ahora te quiero más.

Lázaro.—Ya ves, Amparo. Los polluelos quieren seguir bajo mis alas. *(A ellos.)* ¡Volad con las vuestras! [Las mías son de cartón.] *(Coral se aparta, compungida.)*

Mariano.—¿Y si la imagen de tu valentía fuese la verdadera?

Coral.—*(Se vuelve hacia ellos.)* ¡Claro que sí! ¡Pudo serlo!

Lázaro.—*(Se levanta, enardecido.)* ¿Y si fui cobarde?

Coral.—¡Quisiste ser valiente!

Lázaro.—Pero ella murió. *(Pasea.)* Acaso por mi culpa... Ella y yo contra otros dos, defendiéndonos a puñetazos, gritando... Nos habrían apaleado, pero tal vez menos... y ella habría podido sobrevivir. Yo puedo ser su asesino.

Coral.—*(Sin convicción.)* ¿Y si fuiste valiente y ella murió porque era más débil?

Lázaro.—[Tú no crees eso.] Tú no lo sabes. Yo tampoco. Y Silvia ya no llamará. *(Se detiene, sombrío.)*

Coral.—Te ayudaremos a llevar ese peso, tío Lázaro.

Mariano.—Te ayudaremos. *(Breve silencio.)*

Lázaro.—¿Querríais dejarme solo con Amparo? ¿Querrías tú, Mariano?

Mariano.—*(Se le nubla el semblante.)* Me voy a la calle. La noche va a ser larga para todos... Volveré tarde. *(Con el tono de quien acepta su destino.)* Yo abriré la librería mañana. ¿Vienes, Coral?

Coral.—No. Me voy a mi cuarto.

Mariano.—Adiós. *(Va a irse.)*

Amparo.—Mariano, ven aquí. *(Extrañado, Mariano se acerca a ella, Amparo le da un beso en la boca.)* Gracias. *(Mariano baja los ojos y sale, rápido, por la derecha.)*

Coral.—Hasta mañana, Amparo. Tú sabrás hablarle. *(Se acerca a* Lázaro *y le da un beso en la mejilla.)* Hasta mañana, tío Lázaro.
Lázaro.—No olvides lo que has dicho.
Coral.—¿El qué?
Lázaro.—Que tu dios no seré yo, sino la música. *(Ruborizada, ella se separa y va a retirarse.)* Acuérdate de los visos del agua. Ellos te ayudarán a ti. *(*Coral *lo mira y sale por la derecha.* Lázaro *y* Amparo *cruzan sus tensas, emocionadas miradas.* Lázaro *se acerca lentamente y se sienta a su lado.)* Magníficos muchachos. No saben hasta qué punto los he perjudicado.
Amparo.—No tanto... Les has dado también mucho bueno. Sin embargo, harías bien en mandar a Coral al extranjero para que ampliase su formación.
Lázaro.—Urge, ¿verdad?
Amparo.—Yo sospecho... que es de ti de quien siempre ha estado enamorada.
Lázaro.—¿Será posible?
Amparo.—Es perfectamente posible, pero sería perjudicial para vosotros dos. Y a ti te ablandaría.
Lázaro.—Como siempre, tienes razón. *(Un silencio.)*
Amparo.—¿Qué querías decirme?
Lázaro.—*(Le toma las manos.)* Amparo, ¿recuerdas mi pregunta en el parque?
Amparo.—Todas tus preguntas.
Lázaro.—Si fui cobarde, ¿querrás tú perdonarme en nombre de Silvia?
Amparo.—Recuerda tú mi respuesta. Ni tú ni yo sabemos cómo te comportaste. Pero, si hubieses sido cobarde, ya has visto que todos te lo perdonaríamos.
Lázaro.—¿Crees tú que lo fui? ¡No me ocultes lo que piensas!

Amparo.—*(Con triste ironía.)* ¿A quién se lo preguntas? ¿A Silvia o a Amparo?

Lázaro.—A ti.

Amparo.—¿Qué puede importar lo que yo piense, si no sabemos lo ocurrido?

Lázaro.—*(Retira sus manos de las de ella.)* Dímelo, por favor. Confío mucho en tu intuición.

Amparo.—*(De mala gana.)* Pienso, mi pobre Lázaro, que te venció el miedo. Y que ideaste la escena de la valentía para ocultártelo.

Lázaro.—*(Desvía la cabeza.)* Si es así, yo maté a Silvia.

Amparo.—Te he dicho lo que supongo. Pero no lo sé, y tú tampoco lo sabes.

Lázaro.—*(Vuelve a mirarla.)* Yo aceptaré mi cobardía como la verdad, si es lo que tú crees. *(Con timidez.)* ¿Te atreverías a compartir esa carga?

Amparo.—¿La carga de la duda?

Lázaro.—Sí. *(Muy conmovida, baja ella sus ojos al suelo.)* ¿No contestas?

Amparo.—Supongamos, Lázaro, que te quiero...

Lázaro.—*(Exaltado, le estrecha otra vez las manos.)* ¡Amparo!

Amparo.—Lo que hay que saber es si tú me quieres.

Lázaro.—¿Puedes dudarlo?

Amparo.—Lázaro, tú querías... a tu modo, a una sombra a la que, según dices, me parezco. Y esa sombra ya no te abandonará.

Lázaro.—¡Se desvaneció cuando tú llegaste!

Amparo.—No se ha desvanecido. Si me quisieses verdaderamente, no me importaría. Pero no creo en tu amor. *(Él se levanta, muy agitado, y se aparta hacia el primer término. Un silencio.)*

Lázaro.—*(Conteniendo su amargura.)* ¿Por qué no?

Amparo.—Porque tampoco creo en tu amor por Silvia. *(Se levanta.)* Pienso que nunca la quisiste. *(Se acerca a la mesa para alejarse de él.)*

Lázaro.—¡Cómo puedes decir eso!

Amparo.—Si hubieses querido verdaderamente a Silvia, habrías recordado siempre lo que hiciste. Si fuiste cobarde, para tu remordimiento; si fuiste valiente, para tu consuelo. Tú creíste quererla, como crees quererme a mí. Pero ninguno de esos dos sentimientos me parece auténtico.

Lázaro.—Si pudieras ver en mi interior...

Amparo.—Eres tú quien no puede. Y perdona mi dureza. Siento tanto hablarte así...

Lázaro.—*(Se acerca, hasta que lo detienen las palabras de ella.)* Confío en probarte que estás equivocada.

Amparo.—¿Sí?... Piensa lealmente conmigo, Lázaro, si no hay otro sentimiento mucho más fuerte que te impidió querer a Silvia hasta el sacrificio y que te impide recobrar la memoria ante mí.

Lázaro.—¿Qué sentimiento?

Amparo.—Lo hemos comentado a menudo. Incluso esta noche... El miedo. O sea, el egoísmo. Se engendran mutuamente. No el miedo pasajero; no el pánico de un momento de peligro. Esos sí se superan. Pero el que se lleva en los huesos, no. Entre que apaleasen a Silvia o te apaleasen a ti, creo que elegiste lo primero. Entre el yo y el tú, elegiste el yo. Porque no amabas.

Lázaro.—¡Has dicho que no sabemos lo que hice!

Amparo.—Supongamos, ¡por última vez!, mi pobre, mi querido Lázaro, que corriste en su auxilio y dispuesto a que te mataran por defenderla. ¿Por qué tu cabeza crea entonces la falsa escena de tu pánico? [Porque tu realidad más profunda es la del miedo.]

Lázaro.—*(Se vuelve hacia ella.)* Has admitido conmigo que el valiente no es el que no siente miedo, sino el que lo domina.

Amparo.—Entonces no habrías olvidado. Has olvidado porque estás hecho de miedo. Tan grande y permanente que, para no sentirlo, te las ingeniaste para convertirlo en una tranquila confusión de la memoria.

Lázaro.—He tenido miedo en otras ocasiones y lo he vencido.

Amparo.—Sí... Te has justificado ante ti mismo de ese modo, [precisamente porque intuías que nunca te abandonaba el temor agazapado en tus huesos.] ¡No te lo reprocho! Es una fatalidad del tiempo en que vivimos y hasta Germán la sufre. Pero el que, en este mundo terrible, no puede retorcerle el cuello a su miedo, ese... no puede amar.

Lázaro.—Entonces, ¿casi nadie?

Amparo.—No lo sé.

Lázaro.—*(Se va acercando a ella.)* ¿No le estás pidiendo al sentimiento amoroso una plenitud difícilmente realizable entre personas? [¿No es algo que se construye venciendo egoísmos y temores poco a poco, a fuerza de comprensión, de ternura?...] *(Le toma una mano.)* Yo... te suplico que me aceptes, para aprender juntos a querernos y a sacrificarnos el uno por el otro. Creo que yo sabría hacerlo.

Amparo.—¿Te refieres a lograr la transparencia entre los dos?

Lázaro.—Me parece una buena palabra.

Amparo.—*(Grave.)* Querido mío, ya has visto que no es posible para ti esa transparencia. En aquella espantosa ocasión te condenaste a la opacidad. Al laberinto... [Y perdona el juego de palabras.] *(Suelta su mano con algún esfuerzo, cruza y se aleja hacia la derecha.)*

Lázaro.—*(Apesadumbrado.)* Eres cruel conmigo.

Amparo.—No. Sólo quiero evitar un error que mañana sería irremediable. *(Le flaquean las fuerzas.)* ¡Ayúdame tú a mí! Soy más débil de lo que piensas. ¿Crees que no estoy resistiendo la mayor de las tentaciones?

Lázaro.—¿La de aceptarme?

Amparo.—Sí.

Lázaro.—¿Por qué resistirla?

Amparo.—No la resistiría si creyese en el tópico de que el amor es ciego. [Ese que me has descrito como el único posible entre dos seres humanos, que lo construyen mutuamente como dos ciegos.] Pero yo no creo en el amor ciego, por muy admirable que a veces llegue a ser en su imperfección. *(Una pausa. Lázaro se apoya en su mesa, tenso.)*

Lázaro.—Como Silvia.

Amparo.—¿Te refieres a mí?

Lázaro.—Hoy he llegado al fondo de mi pequeñez. Si no crees en el cariño ciego, déjame ser el ciego y sé tú la vidente, como lo era Silvia.

Amparo.—*(Lo mira con enorme ternura.)* No puedes imaginar... cuánto lo desearía. *(Da unos pasos hacia él. A poco, Lázaro va acortando distancia, fascinado por la expresión de ella.)* A tu lado, como la más fiel compañera, disfrutando cada día de tu presencia, de tus palabras... *(Está junto a él.)* Sabiendo que puedo embeberme a todas horas en tu rostro, en tu sonrisa... Y gozar de tus manos, y de tus besos... *(Le toma con dulzura la cara entre las manos.)* Acariciándote y besándote yo tus labios, tu cuerpo... *(Se entregan a un largo y apasionado beso. Temblorosas, las manos masculinas estrechan el cuerpo de Amparo. Con un inesperado movimiento, Amparo se desprende y se aleja, respirando entrecortadamente.)*

Lázaro.—¿Ves como es posible? ¡Nada más verdadero que lo que nos acaba de suceder! *(Va hacia ella.)*

Amparo.—No te acerques. *(Él se para en seco, cerca del sofá.)* Soy yo quien debe resistir si tú no puedes. [No quiero un amante más; he comprendido desde hace tiempo que no basta con el deseo y con la fascinación de la presencia.]

Lázaro.—Amparo, ten piedad de mí.

Amparo.—*(Se vuelve hacia él con triste sonrisa.)* Querido mío... A tu lado yo te mantendría en tu miedo de niño desvalido, no te sacaría de él. [Les has dicho a tus sobrinos que tienen que llegar a ser adultos lejos de ti.] Para que tú renazcas también, si lo consigues, debo alejarme de ti.

Lázaro.—¿Renacer?

Amparo.—Sí... Llegar a saber qué ocurrió. Ya ves qué sencillamente se dice. *(Súbitamente, se echa a llorar.)* Lázaro... Tú solo. Sin el amparo de Marta... ni de María... Ella se fue... Yo me voy también. *(Un silencio. Se enjuga los ojos, se aparta. Se enfrenta con* Lázaro.*)* Y gracias...

Lázaro.—¿No vas a volver?

Amparo.—No.

[Lázaro.—¿Y si yo, un día, recuerdo lo que pasó?

Amparo.—*(Suspira, acongojada.)* ¡No me lo hagas más difícil...

Lázaro.—Contesta.

Amparo.—¿Cómo saber entonces si no mentías para conseguirme o si no te engañabas a ti mismo?... Sería una investigación aún más difícil. *(*Lázaro *desvía la vista; sin duda lo ha pensado también. Ella menea la cabeza, en fatal negativa. Al fin) se aproxima y, ya a su lado, le vuelve dulcemente la cara, lo abraza de pronto y le estampa un desesperado beso en la boca. Luego se desprende y cruza, rápida, hacia la derecha.)*

LÁZARO.—¡No tienes compasión!

AMPARO.—*(Se para.)* Tú mereces más que una madrecita compasiva.

LÁZARO.—¡Nadie puede crecer sin la ayuda de otro!

AMPARO.—[Ya has tenido la mía.] Mi compañía no te serviría de ayuda, sino de... morfina.

LÁZARO.—¡No puedo entenderlo! *(Desesperado.)* ¿Por qué te vas?

AMPARO.—*(Le envía, antes de salir, una tierna y desolada mirada.)* Por... amor. *(Sale, rápida.* LÁZARO *la ve desaparecer con ojos espantados. Al fin inclina la cabeza, llega penosamente al sofá y se sienta en su centro. La luz desciende rápidamente hasta la más densa oscuridad en toda la escena mientras, sobre el sofá, se proyecta un vivísimo foco de luz levemente azulada. Los ojos de* LÁZARO *se cierran e inclina la cabeza. Empuñando sus bates, entran por ambas cortinas los dos enmascarados. Llegan al sofá y se sientan a los dos lados de* LÁZARO, *que no se mueve. La luz arranca helados brillos de sus risueñas caretas. Plácidamente sentados, tercian sus bates sobre las rodillas y miran al frente. A poco suenan sus voces: aflautadas y rasposas como las de ciertos enanos.)*

MÁSCARA 1.ª—¿Te golpeamos aquel día?

MÁSCARA 2.ª—¿No te golpeamos?

MÁSCARA 1.ª—¿Vas a estar así toda la noche?

MÁSCARA 2.ª—¿Quieres que te peguemos ahora?

MÁSCARA 1.ª—¿Sería la primera o la segunda vez? *(Ríen tenuemente los dos. Breve pausa.)*

MÁSCARA 2.ª—Acuéstate. Es muy tarde.

MÁSCARA 1.ª—Lo pasado, pasado.

MÁSCARA 2.ª—¿O no? *(Vuelven a reír. Breve pausa.)*

MÁSCARA 1.ª—Habrá que matarlo a palos.

Máscara 2.ª—Como a Silvia. *(Lázaro se echa hacia atrás con un resuello y se reclina, dormido, sobre el respaldo del sofá.)*

Máscara 1.ª—Tenías buenos puños, lo reconozco.

Máscara 2.ª—¿Qué dices? Ni se acercó.

Máscara 1.ª—No te acuerdas bien. Se acercó.

Máscara 2.ª—Tú no te acuerdas.

Máscara 1.ª—Ni tú. Todos olvidamos...

Máscara 2.ª—Claro. Porque ahora hay que apalear a otros.

Máscara 1.ª—O dispararles.

Máscara 2.ª—O ponerles cargas de control remoto.

Máscara 1.ª—O misiles individuales. La última palabra. *(Ríen.)*

Máscara 2.ª—¿Apaleamos a éste por fin?

Máscara 1.ª—... Una de estas noches.

Máscara 2.ª—*(Toca el brazo de Lázaro.)* Ya ha amanecido. Por hoy te salvas.

Máscara 1.ª—*(Toca el otro brazo de Lázaro.)* Tu sobrino abre ahora la librería. *(Doña Fina ha entrado por la cortina de la derecha, pasa por delante del sofá e irrumpe en la luz. Trae un servicio de té y se detiene ante su hermano dormido.)*

Fina.—Lázaro... Lázaro...

Máscara 1.ª—Hasta pronto, canalla.

Máscara 2.ª—Ahí te quedas, pingajo. *(Se levantan, silenciosos, y se van por las puertas encortinadas. Lázaro se vence hacia un lado. Sigue durmiendo. La gavota de Bach comienza a sonar suavemente en el laúd, al tiempo que se inicia la luz normal. No tarda en expandirse la claridad de una mañana radiante. El banco del parque se ilumina. Allí está, sentada y tocando, Coral. Los brillantes espejos del agua la cubren por completo. En su modesta habitación,*

Amparo *está sentada sobre la cama, con el rostro hundido en las manos. Doña Fina va a la mesa de despacho, deja allí la bandeja, vuelve al lado de su hermano y lo zarandea tímidamente.* Lázaro *se incorpora de pronto.)*

Fina.—*(Muy humilde.)* Tienes el té en tu mesa.

Lázaro.—*(Para sí, con agria sonrisa.)* El té de Inglaterra...

Fina.—¿No te has acostado?

Lázaro.—No.

Fina.—Pobrecito. Qué noche... para todos. Yo apenas he dormido. *(*Lázaro *se levanta, se pasa las manos por la cara, se alisa el pelo.)* [¡Cómo está esto!... Ahora lo arreglaré yo.]

Lázaro.—¿Y Mariano?

Fina.—Acaba de abrir la librería.

Lázaro.—¿Y Coral?

Fina.—Salió temprano. Supongo que habrá ido al Conservatorio... *(Conciliadora.)* He traído otra taza para cuando venga Amparo.

Lázaro.—No vendrá. Se ha despedido. *(*Doña Fina *abre desmesuradamente los ojos, pero no dice nada. Breve pausa.)*

Fina.—*(Llena de humildad.)* ¿Te preparo el baño?

Lázaro.—Ya lo haré yo.

Fina.—*(Melosa.)* Acuéstate si quieres...

Lázaro.—*(La mira con enorme dureza durante unos segundos. Ella no sabe dónde meterse.)* Déjame, Fina. *(Avergonzada,* Doña Fina *baja la cabeza y sale por la derecha.* Lázaro *va a la mesa y empieza a servirse una taza. Se detiene, mira su reloj y marca, nervioso, un número de teléfono. Se oye el teléfono de* Amparo, *que alza sobresaltada su cabeza. Toma ella el auricular, pero, sin levantarlo apenas, cuelga inmediatamente para cortar. El timbre cesa.*

Lázaro *comprende y cuelga. Con inmensa pena en su rostro,* Amparo, *absorta e inmóvil, mira al vago aire hasta el final de la acción.* Lázaro *termina de llenar su taza y, con ella en la mano, cruza hacia la derecha mientras, extrañamente, las notas del laúd se amortiguan y dejan de sonar aunque* Coral *lo sigue tocando con arrobada expresión. Antes que se apaguen del todo, el timbre del ilusorio teléfono comienza a sonar.* Lázaro *se estremece visiblemente ante su inesperado retorno; la taza tiembla en su mano. Los timbrazos se suceden y aumentan su intensidad.* Lázaro *deja torpemente sobre la mesita su taza y se vuelve hacia el frente, con la respiración agitada e invadido por el terror. Se oprime los oídos, pero los timbrazos no cesan. Avanza al primer término y mira al vacío con la faz descompuesta.* Coral *sigue tocando su inaudible gavota. Entonces sucede algo: la creciente fuerza del timbre parece levantar vagos ecos. Aquí y allá, en rincones cualesquiera, bajo algunas butacas, tras asientos de las alturas y de los laterales, empiezan a sonar, más tenues, otros muchos timbres telefónicos que llaman y llaman... Toda la escena entra en suave penumbra, excepto el fulgurante banco donde* Coral *desgrana sus notas silenciosas. Un oscuro que es como un hachazo sume en la tiniebla al teatro entero y todos los timbres cesan a la vez. Cuando se enciende la luz de la sala, ya ha bajado el*

Telón

TÍTULOS PUBLICADOS
EN COLECCIÓN AUSTRAL

Ramón del Valle-Inclán
1. **Luces de bohemia**
Edición de Alonso Zamora Vicente

Juan Vernet
2. **Mahoma**

Pío Baroja
3. **Zalacaín el aventurero**
Edición de Ricardo Senabre

Antonio Gala
4. **Séneca o el beneficio de la duda**
Prólogo de José María de Areilza y Javier Sádaba

Fernand Braudel
5. **El Mediterráneo**
Traducción de J. Ignacio San Martín

Gustavo Adolfo Bécquer
6. **Rimas y declaraciones poéticas**
Edición de Francisco López Estrada y María Teresa López García-Berdoy

Carlos Gómez Amat
7. **Notas para conciertos imaginarios**
Prólogo de Cristóbal Halffter

8. **Antología de los poetas del 27**
Selección e introducción de José Luis Cano

Arcipreste de Hita
9. **Libro de buen amor**
Introducción y notas de Nicasio Salvador

Antonio Buero Vallejo
10. **Historia de una escalera/Las meninas**
Introducción de Ricardo Doménech

Enrique Rojas
11. **El laberinto de la afectividad**

Anónimo
12. **Lazarillo de Tormes**
Edición de Víctor García de la Concha

José Ortega y Gasset
13. **La deshumanización del arte**
Prólogo de Valeriano Bozal

William Faulkner
14. **Santuario**
Introducción y notas de Javier Coy
Traducción de Lino Novás Calvo

Julien Green
15. **Naufragios**
Introducción de Rafael Conte
Traducción de Emma Calatayud

Charles Darwin
16. **El origen de las especies**
Edición de Jaume Josa
Traducción de Antonio de Zulueta

Joaquín Marco
17. **Literatura hispanoamericana: del modernismo a nuestros días**

Fernando Arrabal
18. **Teatro bufo (Róbame un billoncito/Apertura Orangután/Punk y punk y Colegram)**
Edición de Francisco Torres Monreal

Juan Rof Carballo
19. **Violencia y ternura**

Anónimo
20. **Cantar de Mio Cid**
Texto antiguo de Ramón Menéndez Pidal
Versión moderna de Alfonso Reyes
Introducción de Martín de Riquer

Don Juan Manuel
21. **El conde Lucanor**
Edición de María Jesús Lacarra

Platón
22. **Diálogos (Gorgias/Fedón/El banquete)**
Introducción de Carlos García Gual
Traducción de Luis Roig de Lluis

Gregorio Marañón
23. **Amiel**
Prólogo de Juan Rof Carballo

Angus Wilson
24. **La madurez de la Sra. Eliot**
Introducción y notas de Pilar Hidalgo
Traducción de Maribel de Juan

Emilia Pardo Bazán
25. **Insolación**
Introducción de Marina Mayoral

Federico García Lorca
26. **Bodas de sangre**
Introducción de Fernando Lázaro Carreter

Aristóteles
27. **La metafísica**
Edición de Miguel Candel
Traducción de Patricio de Azcárate

José Ortega y Gasset
28. **El tema de nuestro tiempo**
Introducción de Manuel Granell

Antonio Buero Vallejo
29. **Lázaro en el laberinto**
Edición de Mariano de Paco